F. Scott Fitzgerald

O GRANDE GATSBY

Tradução de William Lagos

www.lpm.com.br

L&PM POCKET

Coleção **L&PM** POCKET, vol. 971

Texto de acordo com a nova ortografia.

Título original: *The Great Gatsby*

Primeira edição na Coleção **L&PM** POCKET: agosto de 2011
Esta reimpressão: setembro de 2022

Tradução: William Lagos
Capa: Ivan Pinheiro Machado. *Ilustração*: Mulher de luvas (1929, óleo sobre tela), de Tamara de Lempicka, Musée National d'Art Moderne, Paris.
Preparação: Jó Saldanha e Marianne Scholze
Revisão: Guilherme da Silva Braga

CIP-Brasil. Catalogação na Fonte
Sindicato Nacional dos Editores de Livros, RJ.

F581g

Fitzgerald, F. Scott (Francis Scott), 1896-1940
  O grande Gatsby / F. Scott Fitzgerald; tradução de William Lagos. – Porto Alegre, RS: L&PM, 2022.
  208p. – (Coleção L&PM POCKET; v. 971)

  Tradução de: *The Great Gatsby*
  ISBN 978-85-254-2215-6

  1. Romance americano. I. Lagos, William II. Título. III. Série.

11-0532.	CDD: 813
	CDU: 821.111-3

© da tradução, L&PM Editores, 2011

Todos os direitos desta edição reservados a L&PM Editores
Rua Comendador Coruja, 314, loja 9 – Floresta – 90.220-180
Porto Alegre – RS – Brasil / Fone: 51.3225.5777

Pedidos & Depto. Comercial: vendas@lpm.com.br
Fale conosco: info@lpm.com.br
www.lpm.com.br

Impresso no Brasil
Primavera de 2022

F. Scott Fitzgerald
(1896-1940)

F. Scott Fitzgerald nasceu em uma família classe média de descendência irlandesa e católica, em St. Paul, no estado norte-americano de Minnesota. Cursou a Universidade de Princeton, sem no entanto graduar-se, e lá tornou-se amigo do futuro crítico e escritor Edmund Wilson (1895-1972). Também nesse período passou a conviver com famílias da classe alta, cujo estilo de vida o obcecaria até o final da vida. Foi recrutado pelo exército em 1917, quando os Estados Unidos entraram na Primeira Guerra Mundial, mas não chegou a servir na Europa. Ainda no exército, conheceu a bela Zelda Sayre, oriunda de uma família de classe alta do Alabama. Zelda chegou a romper o noivado, pois Scott não teria como sustentá-la. Em 1920, ele publicou seu primeiro romance, *This Side of Paradise* (*Este lado do paraíso*), que obteve sucesso instantâneo. Nesse mesmo ano, eles se casaram e, no ano seguinte, nasceu a filha única do casal, Frances Scott Fitzgerald. Zelda e Scott partilhavam o gosto por uma vida de festas, *glamour* e bebida e, dividindo-se entre os Estados Unidos e cidades chiques da Europa, moldaram um estilo de vida que os tornou tão famosos quanto a obra literária de F. Scott. Ele disse uma vez: "Às vezes, não sei se eu e Zelda existimos de fato, ou se somos personagens de um de meus romances". Seguiram-se os romances *The Beautiful and the Damned* (*Os belos e os malditos*, **L&PM** POCKET, 2008), em 1922, e *The Great Gatsby* (*O grande Gatsby*, **L&PM** POCKET, 2011), em 1925. Este último é considerado pela maior parte dos críticos, assim como o era pelo próprio Fitzgerald, sua mais bem-acabada obra. Grande parte de seus contos foram escritos nessa época e publicados em periódicos como *Saturday Evening Post*, *Esquire* e *Collier's*, ajudando o casal a manter um estilo de vida extravagante e elegante, apesar das costumeiras dificuldades financeiras. Em 1930, Zelda começou a demonstrar sintomas de perturbação mental e, em 1932, foi internada em uma clínica. *Tender is the Night* (*Suave é a noite*), de 1934, romance sobre Dick Diver e Nicole, sua mulher esquizofrênica, reflete os problemas do casal. O livro não foi bem-recebido nos Estados Unidos, e Fitzgerald, apesar de considerar o cinema degradante, cedeu à tentação de trabalhar como roteirista para os estúdios de Hollywood nos últimos três anos da sua vida. Nesse período, escreveu os ensaios autobiográficos publicados postumamente sob o nome de *Crack-up* (*O colapso*, L&PM POCKET, 2007) e o romance inacabado *The Last Tycoon* (*O último magnata*, L&PM POCKET, 2006), que foi editado e publicado postumamente pelo amigo Edmund Wilson. Fitzgerald morreu de ataque cardíaco.

Os contos de Fitzgerald são disfarçados comentários e críticas sociais à superficial alta burguesia dos Estados Unidos dos anos 20 e neles se encontra o humor mais ferino do autor, além de uma atmosfera de glamour, risos, dança e champanhe. O conto "O diamante do tamanho do Ritz" (L&PM POCKET **PLUS**, 2007) está entre seus textos mais conhecidos.

Livros do autor na Coleção L&PM POCKET

Os belos e malditos
Crack-up
O diamante do tamanho do Ritz seguido de *Bernice corta o cabelo* e *O palácio de gelo*
O último magnata

Sumário

Capítulo Primeiro	|	7
Capítulo Segundo	|	31
Capítulo Terceiro	|	48
Capítulo Quarto	|	72
Capítulo Quinto	|	94
Capítulo Sexto	|	112
Capítulo Sétimo	|	129
Capítulo Oitavo	|	166
Capítulo Nono	|	184

Capítulo Primeiro

Quando eu era mais jovem e mais vulnerável, meu pai me deu um conselho que muitas vezes volta à minha mente.

– Sempre que tiver vontade de criticar alguém – recomendou-me –, lembre primeiro que nem todas as pessoas do mundo tiveram as vantagens que você teve.

Ele não falou mais nada a respeito desse assunto, mas durante toda a vida nós sempre mantivemos um nível de relacionamento muito acima da média, embora guardássemos uma certa reserva com relação aos sentimentos; e eu compreendi que ele queria dizer muito mais do que as palavras significavam à primeira vista. Em consequência, sou inclinado a adiar meus julgamentos até conhecer melhor as pessoas, um hábito que me desvendou muitas naturezas interessantes, mas também fez com que eu me transformasse em vítima de um certo número de pessoas especializadas na arte de aborrecer os outros. A mente anormal rapidamente detecta e se prende a esta qualidade quando ela surge em uma pessoa normal, e o que aconteceu foi que, na universidade, muitas vezes me acusaram injustamente de agir como um político, somente porque eu tinha acesso às mágoas secretas de homens desconhecidos, que encontrava ao acaso nas conversas. A maior parte destas confidências eram espontâneas... Seguidamente eu fingia que estava com sono ou preocupado com outras coisas; assumia até mesmo uma ironia hostil ao perceber, por meio de alguns sinais indisfarçáveis, que uma revelação íntima estava tremulando no horizonte; isto porque as revelações íntimas dos jovens, ou pelo menos os termos em que eles as expressam, são em geral repetições evidentes de trechos encontrados em suas leituras, obviamente mutiladas pela supressão dos fatos que lhes são desfavoráveis. Reservar um julgamento é uma atitude que dá margem ao surgimento de esperanças infinitas. Ainda tenho medo de perder alguma coisa se esquecer o que meu pai falou certa vez, com um certo ar de superioridade e menosprezo. Ele disse, e eu repito com a mesma pretensão, que um fato fundamental da vida é que qualidades como decência e dignidade são distribuídas aos homens com grande desigualdade ao nascerem.

Porém, depois de me gabar deste modo de minha tolerância, devo admitir que ela tem seus limites. A conduta de um homem pode ser alicerçada em rocha sólida ou em um pântano pegajoso, mas depois de um certo ponto eu não dou a mínima para os fundamentos sobre os quais ela foi estabelecida. Quando voltei da Costa Leste no último outono, descobri que desejava que o mundo todo estivesse sempre uniformizado e permanecesse em uma espécie de posição de sentido moral; não queria saber de mais investigações escandalosas sobre os meandros e sutilezas do coração humano. Somente Gatsby, o homem que empresta seu nome para esse livro, estava isento dessa minha reação, justamente Gatsby, que representava tudo aquilo que eu desprezava. Se a personalidade é uma série ininterrupta de atitudes bem-sucedidas, então existia alguma coisa de grande beleza nele, uma espécie de sensibilidade aguda para as possibilidades de prazer que a vida oferece, tal como se ele estivesse ligado a uma daquelas máquinas complexas que registram terremotos a quinze mil quilômetros de distância. Essa capacidade de reação aos estímulos não tinha nada a ver com aquela volúvel inconstância que costuma ser dignificada pelo nome de "temperamento criativo"... Era um dom extraordinário para o otimismo, uma presteza romântica tal como nunca encontrei em qualquer outra pessoa e que provavelmente nunca mais encontrarei. Não – Gatsby demonstrou-se correto no final; aquilo que o perseguiu – uma poeira imunda que flutuava na esteira de seus sonhos – foi a mesma coisa que, por um tempo, fez com que eu me desinteressasse por infelicidades fortuitas e pelos entusiasmos temporários dos outros homens.

Minha família descendia de pessoas importantes e abastadas que tinham vivido numa cidade do Centro-Oeste dos Estados Unidos durante três gerações. Os Carraway compõem uma espécie de clã, e temos uma tradição familiar de que descendemos dos duques de Buccleuch, mas o verdadeiro fundador de minha linhagem foi o irmão de meu avô, que veio para cá no ano de 1851, enviou um substituto para combater no exército em seu lugar durante a Guerra da Secessão e fundou a empresa atacadista de ferragens que meu pai administra até hoje.

Eu nunca conheci este tio-avô, mas dizem que sou parecido com ele. Esse julgamento significa principalmente uma referência ao retrato a óleo de um homem de traços fisionômicos bastante fortes e vigorosos que está pendurado no escritório de meu pai. Formei-me na Universidade de New Haven em 1915, exatamente um quarto de século depois dele, e um pouco mais tarde participei daquela última migração das hordas de bárbaros teutônicos, que é em geral conhecida como a Grande Guerra. Gostei tanto dos contra-ataques promovidos pelos Estados Unidos que retornei bastante inquieto. Em vez de ser o cálido centro do mundo, o Centro-Oeste agora me parecia a beira esfarrapada do universo... Assim, decidi ir para o Leste e aprender o ofício de corretor de ações. Todas as pessoas que eu conhecia estavam trabalhando com ações, de tal modo que julguei que o mercado era capaz de sustentar mais um jovem solteiro. Todas as minhas tias e tios conversaram durante dias sobre minhas intenções, tal como se estivessem escolhendo uma escola preparatória que me fosse adequada, e finalmente disseram: "Bem, está certo...", com fisionomias muito graves e hesitantes. Meu pai concordou em financiar-me durante um ano e, depois de vários atrasos, vim para a Costa Leste, na primavera de 1922, acreditando que a mudança tivesse caráter permanente.

A coisa mais prática a fazer era encontrar acomodações na cidade, mas na época fazia muito calor e eu acabara de deixar uma região de extensos gramados e árvores amigas; deste modo, quando um rapaz do escritório sugeriu que alugássemos uma casa juntos em uma das cidades-dormitório próximas a Nova York, a ideia me pareceu bastante interessante. Ele até mesmo encontrou a casa, um sobradinho de madeira, com divisórias de compensado e bastante maltratado pelo tempo, ao preço de oitenta dólares por mês; mas no último minuto a firma ordenou que ele se transferisse para a filial de Washington, o que me levou a assumir o aluguel completo e a partir sozinho para o campo. Eu tinha um cachorro (ou pelo menos tive por alguns dias, até que ele fugisse), além de um automóvel Dodge e uma faxineira de origem finlandesa, que fazia minha cama e preparava o café da manhã enquanto resmungava conselhos e provérbios em finlandês sobre o fogão elétrico.

Eu me senti meio sozinho por um dia ou dois até que, certa manhã, um homem que havia se mudado para o bairro um pouco depois de mim fez-me parar enquanto eu caminhava pela rua.

– Como é que vou até a aldeia de West Egg? – perguntou, com um certo ar de desamparo.

Indiquei-lhe o caminho. E assim que comecei a caminhar já não me sentia mais sozinho. Agora eu me transformara em um guia, um desbravador de caminhos, um autêntico colonizador. Com a maior naturalidade, ele presumiu que eu conhecia perfeitamente a região e começou a percorrer o bairro em total liberdade.

E assim, com o sol brilhando e vendo uma imensa quantidade de folhas brotando nos galhos das árvores, no mesmo ritmo espantoso daqueles filmes em câmera acelerada, senti aquela familiar convicção de que, junto com o verão, a vida recomeçava.

Para início de conversa, eu tinha muito material para ler a respeito de minha nova profissão, e o ar transmitia tanta saúde e vigor que era impossível permanecer deprimido por muito tempo. Tinha comprado uma dúzia de livros sobre operações bancárias, administração de crédito e investimentos em ações da Bolsa, e eles erguiam-se em minha prateleira, em vermelho e ouro, como se fossem notas de banco recém-saídas da Casa da Moeda, prometendo revelar-me os brilhantes segredos que somente Midas, Morgan e Mecenas[1] conheciam. E eu tinha a melhor das intenções de ler muitos outros livros além destes. Eu era bastante ligado à literatura quando estava na universidade... Houve até um ano em que escrevi uma série de editoriais muito solenes e bastante óbvios para o *Yale News*. Agora pretendia trazer toda essa cultura de volta à minha vida e tornar-me o mais limitado dos especialistas, o "homem bem-informado". E isso não é para ser apenas um epigrama: a experiência demonstra que a vida é usufruída com muito maior sucesso quando contemplada através de uma única janela.

Foi simplesmente obra do acaso que eu tivesse alugado uma casa em uma das comunidades mais estranhas da América do Norte. Ficava naquela ilha estreita e barulhenta que se localiza justamente a leste de Nova York... e na qual existem, entre outras curiosidades da natureza,

---

1. Midas foi um rei semilendário da Frígia (hoje na Turquia), que teria recebido do deus Baco o dom de transformar em ouro tudo que tocasse. John Pierpont Morgan (1837-1913), conhecido financista americano, fundador do J. P. Morgan Trust. Caius Clivius Mecenas (70/65-8 a.C.), patrício romano extremamente rico, ministro do Imperador Augusto (63 a.C.-14 d.C.), protetor dos artistas e dos literatos. (N.T.)

duas formações geológicas bastante incomuns. A uns trinta quilômetros da cidade, ergue-se um par de enormes ovos de pedra, idênticos em contorno e separados somente por uma baía estreita, que se projetam para o alto junto à massa de água salgada mais mansa e tranquila do hemisfério ocidental, o grande caminho úmido conhecido como o Estreito de Long Island. Não são perfeitamente ovais: assim como o ovo na história que contam a respeito de Colombo, os dois estão achatados no ponto de contato com as respectivas bases; mas sua semelhança física com ovos verdadeiros deve ser um motivo de assombro perpétuo para as gaivotas que voam sobre eles. Para nós, que não temos asas, um fenômeno mais interessante é sua falta de semelhança em todos os aspectos, salvo o formato e o tamanho.

Eu morava em West Egg, que era, digamos, a área que na época se encontrava menos na moda, embora este seja um rótulo muito superficial para expressar o contraste bizarro e não pouco sinistro que existia entre eles. Minha casa ficava bem na ponta do ovo, a menos de cinquenta metros do Estreito, apertada entre duas mansões imensas, que eram alugadas por doze ou quinze mil dólares por estação. Aquela que ficava à minha direita seria considerada um prédio colossal, qualquer que fosse o critério adotado pelo observador: uma imitação bastante aproximada do *hôtel de ville* de alguma cidade da Normandia, com uma torre de um dos lados que parecia estranhamente nova sob a barba fina da hera que havia crescido recentemente ao redor dela e uma piscina de mármore, além de mais de vinte hectares de gramado e jardins. Era a mansão de Gatsby. Quer dizer, como eu ainda não conhecia o sr. Gatsby, era uma mansão habitada por um cavalheiro que tinha esse nome. Minha casa era uma monstruosidade, mas uma monstruosidade muito pequena, que não chamava a atenção, e tinha as vantagens de uma vista para o mar, um panorama parcial do gramado de meu vizinho e a proximidade consoladora de milionários... tudo por oitenta dólares ao mês.

Do outro lado da pequena enseada, os palácios brancos da elegante aldeia de East Egg brilhavam ao longo da praia, e a história desse verão realmente começou na noite em que dirigi meu carro até lá para jantar com Tom Buchanan e a esposa. Daisy era minha prima em segundo ou terceiro grau, e Tom e eu nos conhecemos na faculdade. E logo depois da guerra eu tinha passado dois dias na casa deles, em Chicago.

O marido de Daisy, dentre várias outras proezas físicas, tinha sido um dos melhores jogadores que já haviam passado pelo time amador de futebol americano da Universidade de New Haven... Sua atuação na equipe tinha sido tão importante que ele tornara-se conhecido em todo o país. Era um daqueles homens que atingem um grau tal de excelência aos 21 de idade que tudo que lhes acontece depois tem um sabor de anticlímax. Sua família era extremamente rica. De fato, enquanto estava na faculdade, sua liberalidade com o dinheiro tinha sido até motivo de reprovação pelos colegas... Mas agora ele tinha saído de Chicago e vindo para o Leste em um estilo que chegava a tirar o fôlego; por exemplo, tinha trazido com ele uma tropilha de pôneis treinados para jogar polo, que haviam sido criados no haras da família em Lake Forest. Era difícil de entender que um homem de minha própria geração pudesse ser rico o bastante para desfrutar de um privilégio desses.

A razão que os tinha levado à Costa Leste eu desconhecia. Haviam passado um ano na França, sem nenhum motivo em particular, e depois andaram para cá e para lá sem descanso, parando em todos esses lugares onde as pessoas jogam polo e são ricas. Mas dessa vez a mudança era permanente, dissera Daisy ao telefone, só que eu não acreditava. A minha visão não atingia o íntimo do coração de Daisy, mas sentia que Tom iria vaguear para sempre, buscando, com um tanto de melancolia, a tensão dramática de algum jogo de futebol americano perdido para sempre no passado.

E assim aconteceu que, em uma noite cálida e ventosa, me dirigi até East Egg para ver dois velhos amigos que eu praticamente não conhecia. A casa deles era ainda mais imponente do que eu esperava, uma mansão em estilo georgiano colonial, construída junto à baía, pintada em tons alegres de vermelho e branco. O gramado começava na praia e subia uns quatrocentos metros até a porta da frente, intercalado por relógios de sol, pequenos muros de tijolos e canteiros de flores resplandecentes... Quando finalmente chegava à casa, dividia-se para os dois lados em brilhantes trepadeiras, como se houvesse alcançado o ponto culminante de sua corrida. A fachada da casa era quebrada por uma série de portas-janelas envidraçadas de cima a baixo, em estilo francês, brilhantes ao reflexo dourado do sol e totalmente abertas para receber a brisa cálida da tarde. Tom Buchanan, vestido em roupas de montaria, estava de pé, em frente ao pórtico de entrada, com as pernas bem afastadas uma da outra.

Ele tinha mudado, desde os tempos da Universidade de New Haven. Agora era um homem robusto de trinta anos, com os cabelos cor de palha e uma boca cuja expressão bastante dura era confirmada por seus modos dominadores. Dois olhos luminosos e arrogantes eram a característica mais marcante de seu rosto e lhe davam a aparência de alguém que estava sempre pronto para agredir. Nem mesmo o luxo afeminado de seu traje de montaria podia ocultar a enorme força e energia daquele corpo: ele parecia encher aquelas botas lustrosas até forçar os laços superiores dos cordões, e até mesmo era possível ver o movimento dos grandes músculos quando seus ombros se moviam sob o tecido fino do casaco. Era um corpo capaz de enormes esforços físicos – um corpo cheio de crueldade.

Sua voz de tenor, rouca e forte, aumentava ainda mais a impressão de impaciência e fúria contida que ele transmitia. Havia nela um toque de desprezo paternal até mesmo quando se dirigia às pessoas de quem gostava... e houve homens em New Haven que o odiaram profundamente por isto.

"Ora, não pense que a minha opinião sobre esse assunto é decisiva", ele parecia estar dizendo, "só porque sou mais forte e mais homem do que você". Nós participávamos da mesma sociedade de veteranos acadêmicos e, mesmo que nunca tenhamos sido íntimos, sempre tive a impressão de que ele me aprovava e queria, do seu jeito áspero e desafiador, que eu gostasse dele também.

Ficamos conversando por alguns minutos no alpendre ensolarado.

– Eu tenho uma bela propriedade aqui – disse ele, seus olhos inquietos cintilando ao redor.

Segurou-me por um braço e fez com que me virasse, enquanto movimentava a outra mão, larga e achatada, em um gesto que abrangia toda a vista da frente da casa, incluindo um jardim em estilo italiano, que fora construído em uma parte mais rebaixada do terreno, uns dois mil metros quadrados de roseiras que exalavam um aroma profundo e penetrante, e um barco a motor de proa arredondada que enfrentava a maré junto à praia.

– Pertencia a Demaine, o homem do petróleo – disse ele, fazendo-me virar de novo, com educação, mas depressa. – Vamos entrar.

Atravessamos um saguão de teto alto e entramos em um espaço pintado de um rosa brilhante, ligado fragilmente ao restante da casa por meio de portas envidraçadas de cima a baixo situadas em ambas as extremidades. As portas estavam escancaradas e sua pintura branca brilhava contra a grama fresca do gramado, que parecia prolongar-se casa adentro. A brisa soprava através da sala, fazendo com que as cortinas balançassem de um lado para o outro como pálidas bandeiras, retorcendo-as e fazendo-as subir em direção ao teto, que lembrava o glacê de um bolo de casamento; depois elas caíam sobre o tapete cor de vinho, provocando ondulações e sombras sobre ele, como o vento sobre as ondas do mar.

O único objeto imóvel na sala era um enorme sofá no qual duas mulheres jovens flutuavam como se estivessem sobre um balão ancorado. As duas estavam vestidas de branco e suas roupas drapejavam e balançavam, como se o vento as tivesse levado para um voo rápido ao redor da casa e recém as tivesse trazido de volta. Devo ter ficado parado por alguns momentos escutando o som do vento nas cortinas e os grunhidos de um quadro que roçava a parede. Então houve um estrondo, quando Tom Buchanan fechou as portas envidraçadas do fundo e o vento aprisionado morreu ao redor da peça, e as cortinas, os tapetes e as vestes das duas jovens pousaram lentamente no assoalho.

A mulher mais jovem era desconhecida para mim. Ela estava estendida sobre o divã, completamente imóvel e com o queixo um pouco erguido, como se estivesse equilibrando nele alguma coisa que estava a ponto de cair. Se ela me observava com o canto dos olhos, não deu o menor sinal... e, de fato, a minha surpresa em encontrá-la foi tão grande que quase murmurei uma desculpa por tê-la perturbado com minha entrada.

A outra garota era Daisy, que fez menção de erguer-se: inclinou-se levemente para a frente com uma expressão acanhada e então deu uma risadinha encantadora e absurda, que retribuí enquanto avançava pela sala.

– Estou pa-ra-li-sa-da de felicidade.

Ela riu de novo, como se tivesse dito alguma coisa muito espirituosa, e segurou a minha mão por um momento, erguendo os olhos para meu rosto com uma expressão que parecia significar que não existia nenhuma outra pessoa no mundo que ela tivesse mais vontade de encontrar. Era esse o seu jeito. Ela me informou em um murmúrio que o sobrenome da garota que estava se equilibrando sobre o sofá era Baker. (Algumas pessoas diziam que o murmúrio habitual de Daisy se destinava a fazer com que as pessoas se inclinassem em sua direção. Uma crítica irrelevante que não tornava o maneirismo menos encantador.)

De qualquer maneira, os lábios de Miss Baker se moveram enquanto ela fazia um sinal quase imperceptível com a testa em minha direção e então rapidamente inclinava a cabeça para trás de novo. Provavelmente, o objeto invisível que ela estava equilibrando sobre a cabeça tinha escorregado um pouco e ela levara um pequeno susto. E mais uma vez uma espécie de desculpa subiu aos meus lábios. Quase toda exibição de autossuficiência produz em mim uma sensação de espanto e admiração.

Voltei novamente os olhos para minha prima, que começou a me fazer perguntas em sua voz baixa e emocionante. Tinha o tipo de voz que o ouvido acompanha enquanto flutua em altos e baixos, como se cada fala fosse um arranjo de notas que jamais se repetirão. Seu rosto era triste e encantador e cheio de coisas esfuziantes: seus olhos brilhavam e a boca cintilava apaixonadamente, mas havia um convite excitante em sua voz, algo que os homens que se interessaram por ela achavam muito difícil esquecer; era como uma compulsão para cantar, um "Escute!" sussurrado, uma suspeita de que ela tinha feito coisas alegres e excitantes há poucos minutos e uma promessa de que havia coisas ainda mais alegres e excitantes pairando à espera da próxima hora.

Eu disse a ela que havia passado um dia em Chicago durante minha viagem para a Costa Leste e que uma dúzia de pessoas lhe haviam enviado seu afeto e suas lembranças por meu intermédio.

– Quer dizer que têm saudades de mim? – gritou ela, em êxtase.

– A cidade inteira está arrasada. Todos os automóveis pintaram de preto as rodas traseiras do lado esquerdo como se fossem coroas funerárias e ouvem-se murmúrios de tristeza ao longo da margem setentrional, durante as noites inteiras.

– Ai, que lindo! Vamos voltar, Tom. Amanhã mesmo!

E então ela acrescentou, de uma forma um tanto irrelevante:

– Você tem de conhecer a bebê.

– Gostaria muito.

– Bem, acontece que agora ela está dormindo. Ela tem três anos. Você nunca a viu?

– Nunca.

– Bem, você precisa vê-la. Ela é...

Tom Buchanan, que estava inquieto e caminhava sem parar pela sala, parou e colocou uma das mãos em meu ombro.

– Em que você trabalha, Nick?

– Sou corretor de ações.

– Em que firma?

Eu disse para quem trabalhava.

– Nunca ouvi falar neles – observou com decisão.

Isso me aborreceu.

– Mas vai – respondi com secura. – Vai ouvir, se permanecer aqui na Costa Leste.

– Ah, mas vou permanecer no Leste, não se preocupe – disse ele, olhando rapidamente para Daisy e então de volta para mim, como se estivesse à espera de alguma outra coisa. – Eu seria um idiota se fosse morar em qualquer outro lugar.

Nesse ponto, Miss Baker exclamou: "Está absolutamente certo!", de uma forma tão súbita que me assustei. Eram as primeiras palavras que ela dizia desde que eu entrara no salão. Evidentemente, ela ficou tão surpresa quanto eu, porque bocejou e ergueu-se do sofá com uma série de movimentos rápidos e firmes.

– Estou toda dura – queixou-se. – Estou deitada nesse sofá desde que me conheço por gente...

– Não olhe para mim – disparou Daisy. – Passei a tarde te convidando para dar um passeio até Nova York.

– Não, muito obrigada – disse Miss Baker, olhando na direção dos quatro coquetéis que acabavam de chegar da copa. – Estou fazendo um treinamento rigoroso.

O dono da casa olhou para ela com uma expressão de incredulidade.

– É mesmo? – Ele engoliu o drinque como se fosse uma gota no fundo de um copo. – Simplesmente não posso entender como você consegue encontrar tempo para fazer alguma coisa.

Olhei para Miss Baker, imaginando que coisa era essa que "ela fazia". Gostei de olhar para ela. Era uma garota esguia e de seios pequenos, com um porte ereto, que ela acentuava jogando o corpo para trás na altura dos ombros como se fosse um jovem cadete do exército. Seus olhos cinzentos, apertados por causa da luz do sol, contemplaram-me de volta com uma recíproca e polida curiosidade do alto de um rosto pálido, encantador e descontente. Ocorreu-me então que eu já a tinha visto, ou pelo menos vira uma fotografia dela em algum lugar.

– Você mora em West Egg – observou ela, com desdém. – Eu conheço alguém que mora por lá.

– Eu não conheço uma única...

– Você deve conhecer Gatsby.

– Gatsby? – quis saber Daisy. – Que Gatsby?

Antes que eu pudesse responder que ele era meu vizinho, o jantar foi anunciado; enfiando seu braço robusto por baixo do meu de uma forma imperativa, Tom Buchanan obrigou-me a sair do salão da mesma maneira que moveria uma peça de um jogo de damas para o quadrado seguinte.

Esbelta e languidamente, com as mãos colocadas levemente nos quadris, as duas jovens nos precederam até um alpendre também pintado de rosa que se abria em direção ao pôr do sol, onde quatro velas bruxuleavam levemente sobre a mesa.

– Por que *velas*? – objetou Daisy, com o cenho cerrado. Ela apagou uma por uma com a ponta dos dedos. – Dentro de duas semanas chegará o dia mais longo do ano – disse ela, contemplando-nos a todos com uma expressão radiante. – Vocês também ficam esperando uma porção de tempo pelo dia mais longo do ano e então se distraem e não percebem que chegou? Eu sempre espero uns quantos dias pelo dia mais longo do ano... e todos os anos, quando vou me dar conta, o dia já passou.

– Devíamos planejar alguma coisa – disse Miss Baker, bocejando e sentando-se à mesa como se estivesse indo para a cama.

– Tudo bem – falou Daisy. – O que é que nós vamos planejar? – Ela voltou-se para mim como se estivesse desamparada. – O que é que as pessoas planejam para esses dias?

Antes que eu pudesse responder, seus olhos se cravaram com uma expressão de assombro sobre seu dedo mínimo.

– Olhem! – ela se queixou. – Machuquei meu dedinho!

Todos olhamos – a junta estava preta e azulada.

– Foi você que fez isso, Tom – disse ela, em tom acusador. – Eu sei que você não tinha a intenção, mas foi *culpa sua*. É isso que eu ganho por ter me casado com um brutamontes, um grande espécime puramente físico, enorme e desajeitado...

– Eu odeio essa palavra, "brutamontes" – objetou Tom, mal-humorado –, mesmo que seja só de brincadeira.

– Brutamontes – insistiu Daisy.

Algumas vezes ela e Miss Baker falavam ao mesmo tempo, mas de uma maneira tão natural que nunca chegava às raias da tagarelice, tão fresca como seus vestidos brancos e seus olhos impessoais, dos quais estava ausente toda espécie de desejo. Elas estavam ali e aceitavam Tom e também a mim, fazendo apenas um delicado esforço para entreter ou serem entretidas. Sabiam que passado algum tempo o jantar acabaria e que um pouco mais tarde a noite também terminaria e poderia ser posta de lado com displicência. Tudo era muito diferente do que ocorria no Oeste, onde as reuniões noturnas eram empurradas com pressa de frase em frase até o fim, em uma expectativa continuamente frustrada, quem sabe pelo simples medo do momento propriamente dito.

– Você faz com que eu me sinta pouco civilizado, Daisy – confessei, enquanto tomava meu segundo copo de um clarete cuja qualidade me impressionou bastante, ainda que apresentasse um certo gosto de rolha. – Vocês não podem falar a respeito das plantações ou coisa assim?

Eu não estava querendo dizer nada em particular com essa observação; pretendia apenas que fosse espirituosa, mas foi aceita de maneira inesperada.

– A civilização está caindo aos pedaços – interrompeu Tom. – Eu me transformei em um terrível pessimista a respeito de tudo. Você leu *A ascensão dos impérios de cor*, desse tal de Goddard[2]?

– Não, não li – respondi, muito surpreso com seu tom de voz.

– Bem, é um ótimo livro e todo mundo deveria lê-lo. A ideia geral é a de que, se não tivermos cuidado, a raça branca vai ser... ora, vai ser totalmente subjugada. Tudo isso é uma questão científica, foi tudo provado.

– Tom está ficando muito profundo – disse Daisy, com uma expressão de tristeza um tanto indiferente. – Ele fica lendo esses livros profundos cheios de palavras difíceis. Qual foi aquela palavra que nós...

– Bem, esses livros são todos científicos – insistiu Tom, lançando-lhe um olhar impaciente. – Este camarada estudou o tema a fundo. A responsabilidade é nossa, porque

---

2. Tanto a obra como o autor são inexistentes. Trata-se de uma alusão de Fitzgerald a um best-seller da época, *The Rising Tide of Color Against White World-Supremacy* (A maré ascendente dos povos de cor contra a supremacia mundial dos brancos), da autoria de Lothrop Stoddard (1883-1950). (N.T.)

somos nós que pertencemos à raça dominante. Temos de ficar de olhos bem abertos e ter cuidado com todas essas outras raças, caso contrário eles vão assumir o controle das coisas.

– Nós temos de derrotá-los – murmurou Daisy, piscando furiosamente os olhos por causa da luz muito forte do sol.

– Vocês deveriam morar na Califórnia – começou Miss Baker, porém Tom interrompeu-a, movendo-se desajeitado sobre o assento de sua cadeira.

– A ideia central desse livro é que nós somos nórdicos. Eu sou, você é, você é e... – após uma hesitação infinitesimal, ele incluiu Daisy com um leve sinal de cabeça; e ela piscou para mim de novo. – E fomos nós que produzimos todas as coisas que contribuíram para construir a civilização... ora, a ciência e as artes e tudo o mais. Percebem?

Havia alguma coisa de patético em sua concentração, como se sua complacência, mais aguda agora do que fora antigamente, não lhe bastasse mais. Quase na mesma hora, o telefone tocou dentro da casa e o mordomo saiu do alpendre para atender; Daisy aproveitou a interrupção e inclinou-se em minha direção.

– Vou lhe contar um segredo de família – cochichou, entusiasmada. – É a respeito do nariz do mordomo. Você quer saber qual é o problema com o nariz do mordomo?

– Foi só por isso que vim aqui essa noite.

– Bem, acontece que nem sempre ele foi mordomo; ele costumava polir a prataria para algumas pessoas em Nova York que tinham uma baixela de prata para duzentas pessoas. Ele passava esfregando aquela baixela inteira da manhã à noite, até que finalmente isto começou a afetar-lhe o nariz...

– As coisas foram indo de mal a pior – sugeriu Miss Baker.

– Sim. As coisas foram ficando piores a cada dia que passava até que, finalmente, ele teve de se demitir do emprego.

Por um momento, os derradeiros raios da luz do sol caíram como uma romântica carícia sobre seu rosto; sua voz era tão baixa que compeliu-me a me inclinar para a frente, ansioso, para escutar melhor. Então o brilho empalideceu, cada raio de luz abandonando o seu rosto com uma tristeza insuportável, como crianças saindo de uma rua agradável ao anoitecer.

O mordomo retornou e murmurou alguma coisa junto ao ouvido de Tom. Este franziu o cenho, empurrou para trás a cadeira e entrou na casa sem dizer uma palavra. Como se sua ausência despertasse alguma coisa dentro dela, Daisy inclinou-se de novo em minha direção, a voz ardente, melodiosa.

– Eu adoro vê-lo sentado à minha mesa, Nick. Você me lembra uma... uma rosa, uma rosa absoluta. Ele não a faz lembrar também? – disse ela, voltando-se para Miss Baker em busca de confirmação. – Ele não parece uma rosa absoluta?

Isso não era verdade. Não me pareço nem de leve com uma rosa. Ela estava apenas improvisando, mas uma calidez verdadeira fluía dela, como se seu coração estivesse tentando sair e entregar-se a mim em uma daquelas palavras ofegantes e cheias de emoção. Então, de súbito, ela jogou o guardanapo em cima da mesa, murmurou um pedido de desculpas e entrou na casa.

Miss Baker e eu trocamos um rápido olhar, conscientemente despido de significado. Eu estava a ponto de falar quando ela empertigou-se na cadeira e disse: "Shhh!", em um tom que me recomendava cuidado. Da sala ao lado, ouvia-se um murmúrio abafado de uma calorosa discussão, e Miss Baker inclinou-se nessa direção sem o menor constrangimento, tentando escutar. O murmúrio cresceu, até tornar-se quase compreensível, depois enfraqueceu, então cresceu de novo em um arroubo de excitação, até que cessou completamente.

– Este sr. Gatsby de quem você falou é meu vizinho – comecei.

– Não fale. Eu quero escutar para ficar sabendo o que vai acontecer.

– Está acontecendo alguma coisa? – perguntei inocentemente.

– Quer dizer que você não sabe? – disse Miss Baker, honestamente surpresa. – Eu pensei que todo mundo soubesse.

– *Eu* não sei.

– Ora – ela disse com um ar hesitante –, Tom arranjou uma mulher em Nova York.

– Arranjou uma mulher? – repeti, quase sem expressão.

Miss Baker concordou com um movimento de cabeça.

– Bem que ela poderia ter a decência de não telefonar na hora do jantar. Você não acha?

Antes mesmo que eu pudesse entender perfeitamente o que ela queria dizer, escutou-se o farfalhar de um vestido e o ruído de botas de couro, e Tom e Daisy estavam de volta à mesa.

– Não pude evitar! – disse Daisy, com uma alegria cheia de tensão.

Ela sentou-se, lançou um olhar perscrutador em direção a Miss Baker, depois examinou-me também e continuou:

– Fui dar uma rápida olhada lá fora e está uma atmosfera muito romântica. Há um passarinho no gramado e estou achando que é um rouxinol que atravessou o oceano em um dos barcos da Cunard ou da White Star. Ele está lá, cantando, cheio de entusiasmo... – sua voz parecia cantar também. – Você não acha isso romântico, Tom?

– Muito romântico – concordou ele. E então dirigiu-se a mim em um tom de voz melancólico: – Se após o jantar ainda estiver claro, quero mostrar-lhe a estrebaria.

O telefone tocou novamente dentro da casa, de uma forma assustadora, e Daisy sacudiu a cabeça de maneira decidida para Tom, fazendo com que o assunto da estrebaria e de fato todos os assuntos se desvanecessem no ar.

Entre os fragmentos esparsos dos últimos cinco minutos sentado à mesa, lembro-me de que as velas foram acesas novamente, sem o menor motivo, e de ter uma nítida consciência de que, ao mesmo tempo em que desejava olhar diretamente para o rosto de todos, queria evitar todos os olhares. Não podia adivinhar o que Daisy ou Tom estavam pensando, mas duvido que até mesmo Miss Baker, que parecia haver assumido uma atitude de ceticismo, fosse capaz de afastar de sua mente a urgência metálica e estridente deste quinto conviva. Para um determinado tipo de temperamento, a situação poderia ter parecido até mesmo divertida... mas meus instintos me mandavam telefonar imediatamente para a polícia.

É desnecessário dizer que os cavalos não foram mencionados outra vez. Tom e Miss Baker, caminhando a cerca de um metro e meio de distância um do outro, atravessaram o crepúsculo e se dirigiram para a biblioteca, como se iniciassem o velório de um cadáver perfeitamente tangível, ao mesmo tempo que eu, tentando parecer agradavelmente interessado e um pouco surdo, segui Daisy por uma sucessão de varandas até o pórtico da frente. Envoltos em densas sombras, nos sentamos em um sofá de vime.

Daisy colocou o rosto entre as mãos como se estivesse tateando seu formato encantador, enquanto seu olhar se deslocava lentamente até pousar no crepúsculo aveludado que envolvia o jardim. Percebi as emoções tumultuadas que se debatiam dentro dela, então fiz algumas perguntas sobre sua garotinha, o que me pareceu tranquilizador.

– Nós não nos conhecemos muito bem, Nick – disse ela, subitamente. – Mesmo sendo primos. Você nem veio ao meu casamento.

– Eu não tinha voltado da guerra.

– É verdade... – disse ela, com hesitação. – Bem, eu passei por um mau pedaço, Nick, e fiquei bastante cética em relação a tudo.

Era evidente que ela tinha razões para ser cética. Esperei, mas ela não disse mais nada. Passado um momento, fiz uma tentativa bastante débil de retornar ao assunto de sua filha.

– Suponho que ela já fale e... coma de tudo, e assim por diante.

– Ah, claro! – ela me lançou um olhar ausente. – Escute, Nick: deixe-me contar-lhe o que foi que eu disse quando ela nasceu. Quer ouvir?

– Claro que quero.

– Isso vai lhe demonstrar como é que passei a encarar... certas coisas. Bem, ela ainda não tinha uma hora de vida e só Deus sabe onde estava Tom. Eu acordei da anestesia com um sentimento de completo abandono e imediatamente perguntei à enfermeira se era menino ou menina. Ela me disse que era uma menina e então virei meu rosto para o lado e chorei. "Tudo bem," – eu disse – "estou contente que seja uma menina. Espero que seja uma menina boba: é a melhor coisa que pode acontecer a uma menina neste mundo, ser uma linda bobinha." Sabe, e agora, de qualquer forma, eu acho que as coisas estão horríveis – prosseguiu ela, demonstrando firme convicção. – Todo mundo *acha* isto, pelo menos as pessoas mais perspicazes. E *eu sei que estão*. Já estive em toda parte, já vi de tudo e já fiz de tudo.

Seus olhos cintilaram, percorrendo o espaço a seu redor de uma forma desafiadora, lembrando bastante o olhar de Tom, e ela riu com um emocionado desdém:

– Sofisticada... Ah, meu Deus, como eu sou sofisticada!

No instante em que parou de falar, cessando de exigir minha atenção e me obrigar a acreditar no que dizia, percebi que basicamente não existia sinceridade alguma no que ela havia dito. Senti-me bastante desconfortável, como se a noite inteira tivesse sido uma espécie de truque destinado a criar e extrair emoções. Esperei e, passado um momento, ela me olhou com um sorriso debochado em seu rosto lindo, como se estivesse declarando fazerem parte, ela e Tom, de alguma sociedade secreta muito exclusiva.

Dentro da casa, a sala rosada resplendia de luz. Tom e Miss Baker estavam sentados cada um em uma ponta do longo sofá e ela lia alguma coisa para ele no *Saturday Evening Post*. As palavras eram murmúrios sem inflexão e corriam juntas como se fossem uma tranquilizante melodia. As luzes das lâmpadas, brilhantes nas botas dele e foscas no amarelo de folhas de outono dos cabelos dela, reluziram contra o papel acetinado quando ela virou uma página da revista com um movimento que provocou uma rápida vibração dos músculos delicados do seu braço.

Quando entramos, ela nos pediu silêncio por um momento com a mão erguida.

– Continua – disse ela, jogando a revista sobre a mesa – exatamente no próximo número.

Com um movimento ágil, ela firmou os joelhos e levantou-se.

– Dez horas – comentou, aparentemente enxergando as horas no teto. – Hora de uma boa menina ir para a cama.

– Jordan vai jogar o torneio de amanhã – explicou Daisy. – Lá em Westchester.

– Ora... Então você é *Jordan* Baker.

Agora eu sabia por que seu rosto me parecia familiar... Sua agradável expressão de desdém me contemplara do fundo de muitas fotografias em rotogravura sobre a vida esportiva em Asheville, Hot Springs e Palm Beach. Ouvira também uma história a seu respeito, uma história maldosa e desagradável, mas fora há muito tempo e eu não lembrava mais o que era.

– Boa noite – disse ela, baixinho. – Acordem-me às oito, por favor.

– Se você levantar...

– Levanto, sim. Boa noite, sr. Carraway. Vamos nos ver outra vez.

– É claro que vão – confirmou Daisy. – De fato, acho que vou arranjar o casamento de vocês. Venha nos visitar com frequência, Nick... e eu acho que vou... bem... empurrar vocês um para o outro. Vocês sabem como se faz... Acidentalmente, tranco vocês juntos num armário ou empurro os dois em um barco mar adentro, esse tipo de coisa...

– Boa noite! – repetiu Miss Baker, subindo a escada. – Não escutei nem uma só palavra que você disse.

– Ela é uma ótima moça – disse Tom, após um momento. – Não deviam deixar que ela viajasse assim sozinha por todo o país.

– Quem não devia? – indagou Daisy, friamente.

– A família dela, ora essa!

– A família dela consiste de uma tia que tem mais ou menos mil anos de idade. Além disso, Nick vai começar a cuidar dela, não vai, Nick? Ela vai passar vários finais de semana aqui em casa durante este verão. Acho que a influência do lar vai lhe fazer muito bem.

Daisy e Tom olharam um para o outro em silêncio por um momento.

– Ela é de Nova York? – perguntei rapidamente.

– Veio de Louisville. Passamos juntas nossa infância de meninas brancas. Nossa linda e imaculada...

– Você abriu seu coração a Nick enquanto estavam na varanda? – Tom indagou subitamente.

– Será que abri? – falou ela, enquanto me olhava. – Não consigo lembrar, mas a impressão que tenho é de que conversamos sobre a raça nórdica. Sim, tenho certeza de que o tema era esse. É o tipo de assunto que toma conta da gente, e quando a gente menos percebe...

– Não acredite em tudo o que ouve, Nick – aconselhou-me ele.

Respondi com delicadeza que não havia escutado nada e, alguns minutos depois, levantei-me para ir embora. Eles me acompanharam até a porta e permaneceram lado a lado, emoldurados por um alegre retângulo de luz. Quando eu estava ligando o motor, Daisy gritou, peremptoriamente:

– Espere! Esqueci de lhe perguntar uma coisa importante. Ouvimos dizer que você estava noivo de uma garota no Oeste.

– É verdade ! – corroborou Tom, com gentileza. – Ouvimos dizer que você estava noivo.

– É uma calúnia. Sou pobre demais.

– Mas nós ouvimos dizer – insistiu Daisy, abrindo-se novamente como uma flor, de uma maneira que me surpreendeu. – Três pessoas diferentes nos contaram, portanto deve ser verdade.

É claro que eu sabia a que eles estavam se referindo, mas não estava sequer vagamente comprometido. O fato de que os fofoqueiros tinham anunciado os proclamas era uma das razões por que eu tinha vindo para o Leste. Você simplesmente não pode deixar de sair com uma velha amiga só porque certas pessoas estão falando e, obviamente, eu não iria me casar só por causa desta boataria

Aquele interesse me comoveu e fez com que eles parecessem menos ricos e distantes. Mas mesmo assim eu me sentia confuso e um pouco aborrecido enquanto me afastava da casa. A impressão que eu tinha era a de que Daisy deveria abandonar tudo e fugir com a criança nos braços... embora tudo levasse a crer que ela não tinha a menor intenção de fazê-lo. Quanto a Tom, o fato de que ele "tinha uma mulher em Nova York" era muito menos surpreendente do que ele ter ficado deprimido pela leitura de um livro. Alguma coisa estava fazendo com que ele mordiscasse as beiradas de velhas ideias, como se seu robusto egotismo físico não conseguisse mais alimentar seu coração arrogante.

Já parecia ser pleno verão nos telhados das casas e em frente às garagens construídas à beira da estrada, em que novas bombas vermelhas de gasolina se erguiam no meio de poças de luz, e quando cheguei à minha propriedade em West Egg, coloquei o carro na garagem e fiquei sentado durante algum tempo em um cortador de grama esquecido no pátio. O vento tinha parado, deixando atrás de si uma noite brilhante e cheia de ruídos, em que os pássaros batiam as asas nos galhos das árvores e os sapos faziam um som contínuo que lembrava o de um órgão, enquanto a força da terra os enchia de vida como se fosse um grande fole. A silhueta de um gato se movendo tremulou contra a luz da lua e, ao virar a cabeça para observá-lo, percebi que não estava sozinho. A mais ou menos uns quinze metros de distância, uma figura emergira das sombras da mansão de meu vizinho e estava parada, com as mãos nos bolsos, contemplando a poeira prateada das estrelas. Alguma coisa em seus movimentos tranquilos e a posição firme de seus pés sobre o gramado sugeria que era o próprio sr. Gatsby, que havia saído de casa para determinar qual porção do céu lhe pertencia.

Decidi chamá-lo. Miss Baker havia mencionado seu nome no jantar, e isso serviria como apresentação. Mas não o interpelei de imediato, porque ele subitamente demonstrou que estava satisfeito por estar sozinho – esticou os braços em direção às águas escuras de uma maneira muito curiosa e, mesmo estando longe dele, pude perceber que todo o seu corpo tremia. Sem querer, olhei para o mar, sem distinguir nada, exceto uma única luz verde, minúscula e distante, que poderia ser a ponta de um ancoradouro. Quando olhei outra vez na direção de Gatsby, ele havia desaparecido, e eu me encontrava novamente a sós na escuridão inquieta.

Capítulo Segundo

Mais ou menos na metade do caminho entre West Egg e Nova York, a rodovia rapidamente se une à linha férrea e corre ao longo dela por uns quatrocentos metros, de modo a afastar-se de uma certa área desolada. É o vale de cinzas, uma fazenda fantástica em que as cinzas crescem como trigo em sulcos, colinas e jardins grotescos; em que as cinzas assumem a forma de casas e chaminés de onde sobe a fumaça; e em que, finalmente, por meio de um esforço transcendental, tomam o aspecto de homens cinzentos, que se movem devagar, como se até mesmo eles estivessem se desfazendo no ar empoeirado. Por vezes, surge uma linha de vagões cinzentos que se arrasta ao longo de trilhos invisíveis, produzindo um barulho apavorante, e então para; imediatamente, o enxame de homens cinzentos, carregando pás de chumbo, levanta uma nuvem impenetrável de poeira, que esconde por inteiro sua ação obscura da visão dos transeuntes.

Mas, acima da terra acinzentada e dos espasmos da poeira soturna que pairam infindavelmente sobre ela, pode-se perceber, após um momento, os olhos do Doutor T. J. Eckleburg. Os olhos do doutor são azuis e gigantescos: as retinas têm um metro de diâmetro. Eles não surgem de nenhum rosto, mas de trás de um par de enormes óculos amarelos apoiados em um nariz inexistente. É evidente que algum oculista espertalhão colocou-os ali a fim de engrossar sua clientela no bairro de Queens e então ele próprio afundou-se em uma cegueira eterna ou esqueceu-se de que havia colocado os olhos ali e se mudou para longe. Mas seus olhos, um pouco desbotados pelo passar do tempo, suportando o sol e a chuva por muitos anos, continuam a contemplar com melancolia o terreno coberto de escória.

O vale das cinzas é limitado de um dos lados por um rio estreito e imundo; e, quando a ponte móvel é erguida para deixar passar as barcaças, os passageiros que estão nos trens à espera podem contemplar por até meia hora a desolada paisagem. Há sempre uma parada de pelo menos um minuto junto ao rio, e foi por isso que encontrei pela primeira vez a amante de Tom Buchanan.

O fato de ele ter uma amante era público e notório e comentado com insistência em todos os lugares onde era conhecido. Seus amigos e conhecidos o criticavam por aparecer com ela nos cafés da moda, onde deixava-a sozinha à mesa e saía a passear pelo salão, conversando com todas as pessoas que conhecesse. Embora eu tivesse curiosidade de vê-la, não tinha desejo algum de encontrá-la, mas acabou por acontecer. Uma tarde, fui a Nova York com Tom, de trem, e quando paramos junto aos montes de cinzas ele ergueu-se de repente e, segurando meu cotovelo, literalmente obrigou-me a descer.

– Vamos sair – insistiu. – Quero que você conheça minha garota.

Acho que ele tinha bebido demais no almoço e sua determinação de me levar chegava às raias da violência. Ele simplesmente presumia, em sua arrogância, que em uma tarde de domingo eu não tinha nada melhor para fazer.

Segui-o até atravessarmos uma cerca junto à via férrea, baixa e pintada a cal, e retornamos uns cem metros ao longo da rodovia, sob o olhar persistente do Doutor Eckleburg. A única construção à vista era um pequeno quarteirão de prédios de tijolos amarelos, à beira do depósito de cinzas, em uma espécie de rua que ficava ao lado de um descampado que dava para lugar nenhum. Uma das três lojas que o compunham estava para alugar, a outra era um restaurante que ficava aberto a noite toda, ao qual se chegava por um caminho coberto de cinzas, e a terceira era uma garagem: *Oficina mecânica.* GEORGE B. WILSON. *Compro e vendo carros.* Acompanhei Tom enquanto ele entrava.

O interior era pobre e desolado; o único carro visível era um Ford amassado e coberto de poeira jogado em um canto escuro. Ocorreu-me que essa fantasmagórica garagem deveria ser uma fachada que ocultava apartamentos suntuosos e românticos no andar de cima, quando surgiu da porta de um escritório o proprietário, limpando as mãos em um trapo velho. Era um homem louro de aspecto desanimado, anêmico e com um rosto quase bonito. Quando nos avistou, um brilho úmido de esperança cintilou em seus olhos azuis.

– Olá, Wilson, meu velho – disse Tom, batendo-lhe jovialmente no ombro. – Como vão os negócios?

– Não posso me queixar – respondeu Wilson, em um tom nada convincente. – Quando é que você vai me vender aquele carro?

– Semana que vem. Meu empregado está trabalhando nele agora.

– Trabalha bem devagar, não é mesmo?

– Não, não trabalha – disse Tom, com frieza. – E se você está aborrecido com a demora, talvez seja melhor eu vendê-lo para outro.

– Não quis dizer isso – protestou Wilson rapidamente. – Só quis dizer que...

Sua voz sumiu, e Tom correu o olhar impaciente ao redor da garagem. Então escutei passos descendo uma escada e, após um momento, a figura vistosa de uma mulher bloqueou a luz que vinha da porta do escritório. Ela devia estar pela metade dos trinta e era um tanto corpulenta, mas exibia suas carnes com sensualidade, como somente algumas mulheres conseguem fazer. Seu rosto, acima de um vestido de crepe da China azul-escuro com bolinhas, não continha qualquer sugestão de beleza, mas havia uma vitalidade imediatamente perceptível emanando dela, como se os nervos de seu corpo estivessem continuamente em brasa. Ela sorriu lentamente e, passando pelo marido como se fosse um fantasma, apertou a mão de Tom, fitando-o diretamente nos olhos. Então ela umedeceu os lábios com a ponta da língua e, sem se virar, falou com o marido em uma voz baixa e rouca:

– Por que não arranja algumas cadeiras para essas pessoas sentarem?

– Ah, claro! – concordou Wilson apressadamente e foi até o pequeno escritório, confundindo-se imediatamente com a cor de cimento das paredes. Uma poeira branco-acinzentada recobria seu terno escuro e seus cabelos pálidos do mesmo modo que cobria todas as coisas em torno, exceto sua esposa, que chegou mais perto de Tom.

– Quero vê-la – disse Tom firmemente. – Pegue o próximo trem.

– Certo.

– Vou encontrá-la junto à banca de jornais no andar de baixo.

Ela concordou com um movimento da cabeça e afastou-se dele no momento em que George Wilson surgiu da porta de seu escritório com duas cadeiras.

Esperamos por ela mais adiante na estrada, onde o marido não podia vê-la. Faltavam alguns dias para o Quatro de Julho[3] e uma criança italiana, cinzenta e esquálida, estava colocando uma fileira de foguetes ao longo dos trilhos da estrada de ferro.

– Lugar horrível, não é? – disse Tom, franzindo a testa para a testa franzida do Doutor Eckleburg.

– Pavoroso.

– Para ela é bom sair um pouco.

– O marido não reclama?

---

3. Quatro de julho de 1776, data da Proclamação da Independência dos Estados Unidos. (N.T.)

– Wilson? Ele pensa que ela vai visitar a irmã em Nova York. Ele é tão idiota que nem sabe que está vivo.

Assim, Tom Buchanan, sua garota e eu fomos juntos para Nova York, isto é, não fomos exatamente juntos, porque a sra. Wilson sentou-se discretamente em outro vagão. Era essa a maior concessão que Tom fazia às sensibilidades dos moradores de East Egg que por acaso estivessem no trem.

Ela tinha trocado de vestido e agora usava um outro de musselina estampada, que demonstrou estar bem apertado em suas ancas bastante largas quando Tom a ajudou a descer para a plataforma, em Nova York. Na banca de jornais, ela comprou um exemplar de *Town Tattle*[4] e uma revista de cinema, e na lancheria da estação, um pouco de creme facial e um frasquinho de perfume. No andar de cima, no solene corredor de saída cheio de ecos, ela deixou quatro táxis passarem antes de escolher um que parecia novo, a carroceria cor de lavanda com o estofamento cinza e, dentro dele, todos nós deslizamos para fora do prédio maciço da estação e entramos nas ruas banhadas de sol. Mas de imediato ela debruçou-se sobre a janela e, inclinando-se para frente, bateu com os dedos no vidro que separava o assento do motorista dos passageiros.

– Eu quero um daqueles cachorros – disse ela em um tom de voz decidido. – Quero comprar um para o apartamento. É muito bom ter um cachorro.

O carro deu marcha a ré até que retornamos ao ponto em que se encontrava um homem velho e cinzento que era absurdamente parecido com John D. Rockefeller. Em um cesto que ele levava pendurado no pescoço, encolhiam-se uma dúzia de filhotes de raça indeterminada.

– De que raça são? – perguntou a sra. Wilson com ansiedade, quando ele chegou até a janela do táxi.

---

4. Revista sobre mexericos sociais que na época era popular. O título em tradução livre seria *As Fofocas da Cidade*. (N.T.)

– Ah, são de todos os tipos. Qual é a raça que a senhora quer, dona?

– Eu gostaria de um desses cães policiais. Você não tem desse tipo, tem?

O homem espiou dentro do cesto com um ar de dúvida, enfiou a mão, segurou um deles pelo pescoço e tirou o bichinho esperneando.

– Esse não é um cão policial – disse Tom.

– Bem, não é exatamente um cão *policial* – disse o homem com a voz cheia de desapontamento. – É mais um Airedale terrier – e acariciou com a mão as costas do animalzinho, que mais parecia um esfregão marrom. – Olhe só o pelo dele. Veja que pelo mais lindo. É um cachorro que nunca vai incomodá-la, pegando um resfriado ou coisa assim.

– Ele é bonitinho – disse a sra. Wilson, entusiasmada. – Quanto custa?

– Este cão? – exclamou o homem, olhando para o cachorro com admiração. – Ora, este cachorrinho vai lhe custar dez dólares.

O Airedale – sem dúvida, havia um Airedale escondido em alguma parte de sua ascendência, embora os pés do animal fossem surpreendentemente brancos – trocou de dono e instalou-se no colo da sra. Wilson, onde ela acariciou-lhe a pelagem à prova d'água com evidente prazer.

– É menino ou menina? – perguntou ela, com delicadeza.

– Esse cachorro? Esse cachorro é macho.

– É uma cadela – disse Tom, definitivo. – Pronto, aqui está o seu dinheiro. Vá comprar mais dez cachorros com ele.

Seguimos no carro até a Quinta Avenida, cálida e tranquila, quase bucólica naquela tarde estival de domingo. Se um grande rebanho de ovelhas brancas dobrasse a esquina naquele momento, provavelmente não me surpreenderia.

– Pare – disse eu. – Tenho de descer aqui.

– Não, não tem – interpôs Tom, rapidamente. – Myrtle vai ficar sentida se você não for até o apartamento. Não vai, Myrtle?

– Vamos lá – insistiu ela. – Vou telefonar a Catherine, minha irmã. Pessoas que entendem de mulher dizem que ela é muito bonita.

– Bem, eu gostaria, mas...

Prosseguimos a viagem, cortando pelo Central Park, em direção ao West Side. Na 158th Street, o carro parou no estacionamento de um conjunto de prédios de apartamentos que parecia uma fatia de um grande bolo branco. Lançando um olhar majestoso sobre a vizinhança, a sra. Wilson pegou seu cãozinho e suas outras compras e avançou altivamente.

– Vou convidar os McKees para nos visitarem – anunciou, enquanto subíamos pelo elevador. – E, naturalmente, tenho de convidar minha irmã também.

O apartamento ficava no último andar – uma pequena sala de estar, uma pequena sala de jantar, um pequeno quarto e um banheiro. A sala de estar estava atulhada de móveis estofados com um tecido que parecia uma tapeçaria, grandes demais para o local, de modo que, ao movimentar-se pela peça, as pessoas tropeçavam continuamente em cenas de damas passeando pelos jardins de Versalhes. O único quadro que havia nas paredes era uma fotografia superampliada, aparentemente de uma galinha sentada em uma pedra fora de foco. Olhada à distância, no entanto, a galinha se transformava em uma espécie de touca, e a fisionomia de uma senhora velha e radiante sorria para a sala. Diversos exemplares antigos de *Town Tattle* estavam sobre a mesa, juntamente com um livro intitulado *Simão, chamado Pedro*[5] e algumas revistinhas

---

5. *Simon Called Peter* (Simão, chamado Pedro), da autoria de Robert Keable (1887-1927), foi publicado em 1921, tornando-se um best-seller instantâneo. Foi transformado em peça de teatro, que estreou no Klaw Theatre de New York a 10 de novembro de 1924. (N.T.)

de escândalos da Broadway. A primeira preocupação da sra. Wilson foi com o cãozinho. O ascensorista, com alguma má vontade, foi buscar uma caixa cheia de palha e um pouco de leite, adicionando – por sua própria iniciativa – uma lata de biscoitos para cachorro, grandes e duros, um dos quais ficou se desmanchando apaticamente dentro do pires de leite durante toda a tarde. Enquanto isso, Tom foi buscar uma garrafa de uísque que estava trancada a chave numa escrivaninha.

Eu só me embebedei duas vezes na vida, e a segunda foi nessa tarde; assim, tudo o que aconteceu está envolto em uma densa névoa, embora até depois das oito horas da noite o apartamento estivesse inundado pela luz alegre do sol. Sentada no colo de Tom, a sra. Wilson telefonou para diversas pessoas; depois, como não havia cigarros, saí para comprar alguns maços no armazém da esquina. Quando voltei, os dois tinham desaparecido e, assim, sentei-me discretamente na sala de visitas e li um capítulo de *Simão, chamado Pedro*. Ou o livro era ruim mesmo, ou o uísque distorceu as coisas, porque o texto não fez o menor sentido para mim.

Justo quando Tom e Myrtle (depois do primeiro drinque, a sra. Wilson e eu começamos a nos chamar pelo primeiro nome) reapareceram, as visitas começaram a chegar.

A irmã, Catherine, era uma garota esbelta e sedutora, aparentando uns trinta anos, com cabelos ruivos ondulados e viscosos e um tom de pele branco como leite. Suas sobrancelhas tinham sido arrancadas e depois redesenhadas em um ângulo mais atrevido, mas os esforços da natureza pela restauração do velho alinhamento davam a impressão de que seu rosto estava um pouco desfocado. Quando ela se movimentava, havia um tilintar incessante, porque inúmeras pulseiras de cerâmica batiam umas contra as outras ao longo de seus braços. Ela entrou apressada, como se fosse a proprietária; e olhou tão possessivamente para o mobiliário que fiquei imaginando se ela não morava ali mesmo. Mas quando perguntei, ela riu, descontrolada, repetiu minha pergunta em voz alta e respondeu que morava com uma amiga em um quarto de hotel.

O sr. McKee era um homem pálido e afeminado que residia no apartamento do andar imediatamente abaixo. Tinha acabado de se barbear, pois havia um resto de espuma branca em seu rosto. Saudou todos os presentes com o maior respeito. Informou-me que se dedicava a "atividades artísticas" e fiquei sabendo mais tarde que era fotógrafo e o autor da ampliação desfocada da mãe da sra. Wilson que pairava sobre a parede como um ectoplasma. Sua esposa tinha uma voz estridente, era lânguida, simpática e horrorosa. Ela contou-me com orgulho que seu marido a tinha fotografado 127 vezes desde que haviam se casado.

Um pouco antes, a sra. Wilson tinha trocado de roupa, e agora ostentava um elaborado vestido de tarde, confeccionado em uma tonalidade creme de *chiffon,* que farfalhava o tempo todo enquanto ela zanzava pela sala. Sob a influência do vestido, sua personalidade também havia sofrido uma mudança. A intensa vitalidade que tinha sido tão notável na garagem se convertera em uma impressionante altivez. Seu riso, seus gestos e suas afirmações tornavam-se pouco a pouco mais afetados, à medida que ela se soltava, e a sala dava a impressão de ficar menor ao redor dela, até que parecia estar girando em torno de um eixo, que estalava ruidosamente em meio ao ar enfumaçado.

– Minha cara – disse ela à irmã, em uma voz muito alta e artificial –, a maior parte dessa gente vai te enganar o tempo todo. A única coisa em que pensam é dinheiro. Na semana passada, chamei uma mulher aqui para cuidar de meus pés, e quando ela me apresentou a conta a impressão que dava é que ela tinha extraído o meu apêndice.

— Como era o nome dessa mulher? — quis saber a sra. McKee.

— Sra. Eberhardt. Ela atende em domicílio para cuidar dos pés das pessoas.

— Gosto de seu vestido — observou a sra. McKee. — Acho adorável.

A sra. Wilson rejeitou o cumprimento, erguendo as sobrancelhas com desdém.

— É só uma coisa velha e meio maluca — disse ela. — Eu uso raramente, quando não estou preocupada com a minha aparência.

— Mas fica maravilhoso em você, se é que me entende — insistiu a sra. McKee. — Se Chester pudesse fotografá-la exatamente nessa pose, eu acho que ele poderia tirar uma foto incrível!

Ficamos olhando em silêncio para a sra. Wilson, que afastou uma mecha de cabelo dos olhos e nos envolveu a todos com um sorriso radiante. O sr. McKee examinou-a cuidadosamente com a cabeça inclinada para um lado; e, então, movimentou a mão lentamente para frente e para trás diante do próprio rosto.

— Antes de mais nada, eu trocaria a iluminação — disse ele, após um momento. — Gostaria de destacar os traços do rosto. E tentaria pegar todo o cabelo.

— Eu nem pensaria em modificar as luzes — gritou a sra. McKee. — Eu acho que...

Seu marido disse: "Psiu!", e todos nós nos voltamos para a modelo de novo, enquanto Tom Buchanan bocejava ruidosamente e se levantava.

— Sirva alguma coisa de beber para os McKees — disse ele. — Traga um pouco mais de gelo e de água mineral, Myrtle, antes que todo mundo caia no sono.

— Eu falei com aquele rapazinho sobre o gelo — reclamou Myrtle, erguendo as sobrancelhas em desespero diante da ineficiência das classes baixas. — Essa gente! Você precisa vigiá-los o tempo todo!

Ela olhou para mim e riu, sem motivo. Então saltou sobre o cãozinho, beijou-o com êxtase e lançou-se em direção à cozinha, dando a impressão de que uma dúzia de cozinheiros estava à espera de suas ordens.

— Fiz alguns trabalhos muito bons em Long Island — afirmou o sr. McKee.

Tom olhou para ele sem expressão.

— Dois deles nós emolduramos e penduramos lá embaixo.

— Dois o quê? — indagou Tom, autoritariamente.

— Dois ensaios. Um deles se chama *As Gaivotas em Montauk Point* e o outro é *O Mar em Montauk Point*.

Catherine, a irmã, sentou-se ao meu lado no sofá.

— Você mora em Long Island também? — perguntou.

— Eu moro em West Egg.

— Mesmo? Estive lá em uma festa há mais ou menos um mês. Na casa de um homem chamado Gatsby. Você o conhece?

— Moro na casa bem ao lado.

— Dizem que ele é sobrinho ou primo do Kaiser Wilhelm[6]. É daí que vem todo aquele dinheiro.

— É mesmo?

Ela confirmou com a cabeça.

— Tenho medo dele. Odiaria que me tocasse ou chegasse muito perto.

Esta série de informações tão importantes sobre meu vizinho foi interrompida pela sra. McKee, que apontou subitamente para Catherine.

— Chester, eu acho que você poderia fazer alguma coisa *com ela* — exclamou, porém o sr. McKee somente fez um sinal em concordância, aborrecido, e então voltou sua atenção para Tom.

— Gostaria de trabalhar mais em Long Island, se me

---

6. O Imperador Guilherme II (1859-1941), Rei da Prússia e Imperador da Alemanha (1888-1918). (N.T.)

dessem uma chance. Tudo o que peço é que me deem uma oportunidade.

– Peça a Myrtle – disse Tom, com um breve acesso de riso, enquanto a sra. Wilson entrava com uma bandeja. – Ela lhe dará uma carta de apresentação, não é, Myrtle?

– O quê? – indagou ela, espantada.

– Dê ao sr. McKee uma carta de apresentação para seu marido, para que ele possa fazer alguns ensaios *dele*.

Seus lábios se moveram silenciosamente por um instante enquanto ele inventava:

– *George B. Wilson na Bomba de Gasolina*, ou alguma coisa nesse gênero.

Catherine inclinou-se para meu lado e cochichou em meu ouvido:

– Nenhum dos dois consegue suportar a pessoa com quem está casado.

– Ah, não conseguem?

– Não conseguem *suportá-los* – e olhou para Myrtle e depois para Tom. – O que eu quero dizer é: por que continuam a viver com eles, se não conseguem mais suportá-los? Se eu fosse eles, pediria o divórcio e me casaria imediatamente.

– Quer dizer que ela também não gosta do Wilson?

A resposta foi inesperada. Veio de Myrtle, que tinha escutado a pergunta, e foi violenta e obscena.

– Viu só? – gritou Catherine, triunfante. E baixou a voz de novo. – Na verdade, é a mulher dele que os está mantendo separados. Ela é católica, e eles não aceitam o divórcio.

Daisy não era católica, e fiquei um tanto chocado com a mentira tão bem-elaborada.

– Quando eles finalmente se casarem – continuou Catherine –, vão morar na Costa Oeste por algum tempo, até que as coisas se acalmem por aqui.

– Seria mais discreto viajar para a Europa.

– Ah, você gosta da Europa? – exclamou ela, surpresa. – Recém voltei de Monte Carlo.

– Não me diga!

– Estive lá no ano passado. Viajei com outra garota.

– Ficaram muito tempo?

– Não, fomos somente a Monte Carlo e voltamos. Na ida, fizemos escala na Marselha. Tínhamos mais de mil e duzentos dólares no início da viagem, mas nos arrancaram tudo na roleta em dois dias. Foi a maior das dificuldades para voltar, vou te contar! Meu Deus, como odiei aquela cidade!

O céu do final da tarde brilhou por um momento, com os tons de mel e azul do mar Mediterrâneo... Então, a voz esganiçada da sra. McKee me trouxe de volta à sala.

– Quase cometi um erro, também – declarou ela, vigorosamente. – Quase me casei com um patifezinho que andou anos atrás de mim. Eu sabia que ele não era digno de mim. Todo mundo me dizia: "Lucille, esse homem é muito inferior a você!". Mas, se eu não tivesse conhecido Chester, tenho certeza de que ele me pegaria.

– Sim, mas escute – disse Myrtle Wilson, movendo a cabeça para cima e para baixo –, pelo menos você não se casou com ele.

– Claro que não casei.

– Bem, eu *casei* com ele – disse Myrtle com certa ambiguidade. – E esta é a diferença entre o seu caso e o meu.

– E por que você casou, Myrtle? – quis saber Catherine. – Ninguém te obrigou.

Myrtle ficou pensando.

– Casei com ele porque pensei que fosse um cavalheiro – disse ela, finalmente. – Pensei que fosse um homem bem-educado, mas, no final das contas, não era digno de lamber meu sapato.

– Mas lembro que você era maluca por ele, pelo menos durante algum tempo – disse Catherine.

– Maluca por ele! – gritou Myrtle, incrédula. – Mas quem foi que disse que eu era maluca por ele? Nunca fui mais maluca por ele do que sou por esse homem aí.

De repente, ela apontou para mim, e todos me olharam como se estivessem me acusando. Tentei demonstrar por meio de minha expressão que não esperava nenhuma afeição da parte dela.

– Eu só fui *maluca* quando me casei com ele. Percebi em seguida que tinha cometido um erro. Ele pediu emprestado o melhor terno de um amigo para se casar e nem ao menos me contou. Um dia, ele não estava em casa, apareceu o tal dono do terno lá em casa. "Então esse terno é seu?", perguntei "Mas é a primeira vez que ouço falar nisso." Seja como for, entreguei o terno ao homem e então me atirei na cama e chorei a tarde toda. Chorei tão alto que nem daria para ouvir se uma banda passasse tocando.

– Ela realmente deveria se livrar dele – resumiu Catherine. – Há onze anos que eles moram em cima daquela garagem. Tom foi o primeiro namorado que ela teve durante todo esse tempo.

A garrafa de uísque (a segunda) estava sendo altamente requisitada pelos convivas, exceto por Catherine, que dizia "sentir o mesmo prazer sem tomar nada". Tom chamou o zelador e mandou que ele fosse buscar alguns sanduíches que tinham fama de serem grandes o bastante para substituir um jantar. Eu queria sair e caminhar em direção ao parque, em meio ao crepúsculo silencioso, mas cada vez que pretendia me levantar para ir embora acabava enredado em alguma discussão estridente e desnecessária, que me amarrava de volta à cadeira. E, no entanto, bem alto acima da cidade, nossa linha de janelas amareladas deve ter contribuído com sua parcela de mistério para o observador casual que passasse pelas ruas que pouco a pouco caíam na penumbra; eu o imaginava olhando para cima e fantasiando o que se passava por trás daquelas janelas. Eu estava dentro e fora, simultaneamente encantado e repelido pela inesgotável variedade da vida.

Myrtle puxou sua cadeira para perto da minha e, de repente, sua respiração cálida derramou sobre mim a história de seu primeiro encontro com Tom.

– Foi naqueles assentos individuais que ficam no fim dos vagões, um de frente para o outro e que são sempre os últimos a serem ocupados. Eu estava vindo para Nova York para visitar minha irmã e passar a noite na casa dela. Ele estava usando uma casaca e sapatos de couro macio e brilhante, e eu não conseguia tirar os olhos de cima dele, e cada vez que ele olhava para mim eu tinha de fingir que estava olhando para um anúncio na parede atrás de sua cabeça. Quando descemos na estação, ele estava logo atrás de mim, e o peitilho branco de sua camisa roçou o meu braço. Então eu lhe disse que ia chamar um guarda, mas ele sabia que eu estava mentindo. Eu estava tão excitada que, quando entrei no táxi com ele, nem percebi que não tinha embarcado no metrô, como pretendia. Eu pensava o tempo todo, sem parar: "Ninguém vive para sempre, ninguém vive para sempre".

Ela voltou-se para a sra. McKee e a sala reverberou, cheia de seu riso artificial.

– Minha cara – gritou ela –, vou dar-lhe esse vestido de presente assim que tirá-lo. Tenho mesmo de comprar outro amanhã. Vou fazer uma lista de todas as coisas que preciso comprar. Tenho de ir à massagista, frisar os cabelos, comprar uma coleira para o cachorro, um desses lindos cinzeirinhos de mola e uma coroa funerária com um laço de seda preta, que vou colocar no túmulo da mamãe e sei que vai durar todo o verão. Vou precisar de uma lista, senão me esqueço de todas as coisas que tenho de fazer.

Eram nove horas – quando olhei de novo para o relógio, depois do que me pareceu um intervalo muito curto, vi que já eram dez. O sr. McKee havia adormecido em uma das cadeiras, com os punhos cerrados sobre o colo, como se ele mesmo fosse uma fotografia de um homem de ação. Tirando meu lenço do bolso, limpei a mancha de espuma seca do creme de barbear que estava em seu rosto e que me incomodara durante toda a tarde.

O cachorrinho estava sentado em cima da mesa, olhando cegamente através da fumaça, e de vez em quando gania baixinho. As pessoas desapareciam, reapareciam, faziam planos para ir a algum lugar e então se separavam, procuravam umas pelas outras e descobriam-se a um metro de distância. Por volta da meia-noite, Tom Buchanan e a sra. Wilson estavam parados frente a frente, discutindo acaloradamente sobre se a sra. Wilson tinha ou não o direito de mencionar o nome de Daisy.

– Daisy! Daisy! Daisy! – gritava a sra. Wilson. – Vou dizer sempre que me der vontade! Daisy! Dai...

Com um único movimento, rápido e ágil, Tom Buchanan quebrou-lhe o nariz com a mão aberta.

Então surgiram toalhas ensanguentadas no chão do banheiro, vozes de mulheres fazendo recriminações e, bem alto, acima de toda a confusão, longos e entrecortados gemidos de dor. O sr. McKee acordou de um cochilo e caminhou para a porta ainda tonto. Quando tinha percorrido metade do caminho, deu meia-volta e contemplou a cena: sua esposa e Catherine repreendendo e consolando, enquanto tropeçavam aqui e ali pela sala atulhada, trazendo artigos de primeiros-socorros para a figura desesperada, jogada sobre o sofá, que sangrava abundantemente e tentava abrir um exemplar de *Town Tattle* para proteger as cenas das tapeçarias de Versalhes. Então o sr. McKee virou-se e saiu pela porta. Peguei meu chapéu e saí atrás dele.

– Venha almoçar conosco um dia desses – ele sugeriu, enquanto descíamos pelo elevador.

– Onde?

– Qualquer lugar.

– Mantenham as mãos longe da alavanca – reclamou o rapaz do elevador.

– Desculpe-me – disse o sr. McKee, com dignidade. – Não sabia que estava tocando nela.

– Tudo bem – concordei eu. – Será um prazer.

...Eu estava parado ao lado da cama dele, e ele estava sentado no meio dos lençóis, só de cuecas e camiseta, com uma grande pasta de fotografias entre as mãos.

– *A Bela e a Fera... Solidão... O Velho Cavalo do Armazém... A Ponte de Brook'n[7]...*

Então eu estava deitado, semiadormecido em um dos bancos frios do andar inferior da Pennsylvania Station, olhando sem ver a edição matutina do *Tribune* e esperando pelo trem das quatro da manhã.

---

7. Brooklyn, um dos boroughs (bairros) de Nova York. A palavra foi apostrofada pelo autor por um artifício literário, para indicar a pronúncia imperfeita do personagem. (N.T.)

Capítulo Terceiro

Tinha música na casa de meu vizinho todas as noites do verão. Em seus jardins, azulados pela luz da lua, homens e garotas iam e vinham como mariposas por entre os murmúrios, o champanhe e as estrelas. Na maré alta da tarde eu contemplava seus hóspedes mergulhando da torre de seu ancoradouro flutuante ou tomando banhos de sol na areia quente do seu trecho de praia, enquanto seus dois barcos a motor cortavam as águas do Estreito, puxando esquiadores sobre cataratas de espuma. Nos finais de semana, seu Rolls-Royce virava um ônibus, conduzindo grupos de e para a cidade desde as nove da manhã até muitas horas depois da meia-noite, enquanto sua caminhonete corria como um ágil escaravelho amarelo ao encontro de todos os trens que paravam na estação próxima. E, nas segundas-feiras, oito criados, inclusive um auxiliar de jardineiro contratado só para esses dias, trabalhavam o dia todo com esfregões, ancinhos, martelos e tesouras de podar, reparando os estragos da noite anterior.

Todas as sextas-feiras, chegavam cinco caixotes de laranjas e limões de uma fruteira de Nova York. Todas as segundas-feiras, as mesmas laranjas e limões saíam pela porta dos fundos em uma pirâmide de metades ocas. Havia uma máquina na cozinha que podia tirar o suco de duzentas laranjas em meia hora, desde que um pequeno botão fosse apertado duzentas vezes pelo polegar do mordomo.

Pelo menos uma vez a cada quinze dias, um exército de decoradores descia sobre a propriedade com algumas centenas de metros quadrados de lona e lâmpadas coloridas, suficientes para transformar o enorme jardim de

Gatsby em uma imensa árvore de Natal. Os aparadores do bufê eram guarnecidos de canapés e salgadinhos reluzentes, fatias de presunto cozido e temperado erguiam-se junto a saladas dispostas no mesmo padrão que as roupas de arlequins, leitões recheados de massas variadas e sedutores perus assados. No salão principal era instalado um bar com anteparos de bronze verdadeiro, abastecido de gim e outras bebidas fortes, além de licores esquecidos há tanto tempo que a maioria de suas hóspedes femininas era jovem demais para distinguir uns dos outros.

Por volta das sete horas da noite, chega a orquestra. Não um conjunto improvisado de cinco músicos, mas uma sinfônica completa, com oboés, trombones, saxofones, violas, cornetas, flautins e tambores de vários timbres. A essa hora, os últimos banhistas já voltaram da praia e estão em seus quartos no andar superior, vestindo-se para a ocasião; os carros vindos de Nova York estão parados em cinco fileiras no estacionamento em frente à mansão; os corredores, salões e varandas já estão repletos de cores vistosas, os cabelos estão de acordo com os estranhos cortes e penteados da moda e as mulheres ostentam xales além dos sonhos de Castela. O bar já se encontra totalmente lotado, e bandejas de coquetéis parecem flutuar ao longo dos jardins até que o ar fica tomado de conversas e risos vivazes, por entre apresentações casuais e leves tentativas de sedução que são esquecidas de imediato, além de encontros entusiásticos entre mulheres que sequer sabem os nomes umas das outras.

As luzes tornam-se mais brilhantes, ao mesmo tempo em que a terra se move lentamente para fora do alcance dos raios do sol; e agora a orquestra está tocando melodias suaves para acompanhar os coquetéis, enquanto a ópera de conversas se ergue a uma tonalidade mais aguda. O riso torna-se mais fácil minuto a minuto, derramado com prodigalidade, provocado por qualquer observação divertida. Os grupos vão se misturando mais rapidamente, ampliam-se com os recém-chegados, dissolvem-se e se formam novamente, em curtos espaços de tempo; já se destacam as moças independentes e confiantes, que se insinuam como fios de seda por entre os grupos, tornam-se por um momento o alegre e cintilante centro das atenções e então, empolgadas com o triunfo, seguem em frente, cruzando a maré de rostos, vozes e cores sob as luzes em constante mutação.

De repente, uma dessas ciganas, vestida de opala tremulante, apanha um coquetel em pleno ar, esvazia-o para criar coragem e, movendo suas mãos como se estivesse em Frisco[8], começa a dançar sozinha na plataforma de lona. Um silêncio momentâneo; o regente da orquestra modifica seu ritmo a fim de adaptar-se ao dela e há uma explosão de conversas, enquanto um falso boato percorre a multidão, dando conta de que ela é a substituta de Gilda Gray no *Follies*[9]. A festa começou.

Creio que, na primeira noite em que fui à casa de Gatsby, eu era um dos poucos hóspedes que tinham de fato sido convidados. Em geral, as pessoas não recebiam um convite, elas simplesmente decidiam ir até lá. Entravam em automóveis que as conduziam a Long Island e de algum modo terminavam a viagem em frente à porta de Gatsby. Assim que chegavam lá, eram apresentadas por alguém que conhecia Gatsby e, depois disso, todos agiam de acordo com as regras de comportamento comumente usadas em uma visita a um parque de diversões. Algumas vezes, aquela gente chegava e partia sem ao menos encontrar com Gatsby: vinham para a festa com uma simplicidade de coração que era seu próprio bilhete de entrada.

---

8. São Francisco. Referência irônica aos terremotos, que são frequentes naquela região. (N.T.)

9. Referência à revista teatral (programa de variedades) *Ziegfeld Follies*, produzida por Florenz Ziegfeld (1867-1932), que permaneceu décadas em cartaz em Nova York, e em que Gilda Gray teria ocupado temporariamente os papéis principais. (N.T.)

Eu tinha sido realmente convidado. Um chofer, usando um uniforme de uma tonalidade clara de azul-esverdeado, bem da cor de um ovo de tordo americano, cruzara meu gramado no princípio da manhã daquele sábado, com um bilhete surpreendentemente formal de seu patrão, dizendo que Gatsby teria imensa honra em receber-me em sua "festinha" dessa noite. Ele tivera a intenção de me visitar várias vezes, mas uma combinação peculiar de circunstâncias havia impedido que isso ocorresse. A nota era assinada em uma caligrafia majestosa pelo próprio Jay Gatsby.

Vestindo um terno de flanela branca, atravessei o jardim dele pouco depois das sete horas e fiquei andando ao redor muito pouco à vontade, entre rodopios e redemoinhos de pessoas que eu não conhecia, embora aqui e ali reconhecesse um rosto que já tinha visto no trem que conduzia a Nova York. Chamou minha atenção o grande número de jovens ingleses espalhados pela festa: todos muito bem-vestidos, todos parecendo um tanto famintos e todos conversando em voz baixa e grave com americanos sólidos e prósperos. Tenho certeza de que estavam vendendo alguma coisa: ações, seguros ou automóveis. Pelo menos pareciam estar desesperadamente conscientes do dinheiro fácil que flutuava pelas vizinhanças e convencidos de que, para agarrá-lo, bastava proferir algumas palavras mágicas no tom certo.

Assim que cheguei, fiz uma tentativa de encontrar meu anfitrião, mas as duas ou três pessoas a quem perguntei por ele me olharam de uma forma tão espantada, negando com veemência qualquer conhecimento de seu paradeiro, que saí disfarçadamente na direção da mesa de coquetéis. Tinha a impressão de que era o único lugar do jardim em que um homem desacompanhado poderia permanecer, sem parecer solitário e sem rumo.

Sentia-me tão pouco à vontade, por puro embaraço na presença de tantos estranhos, que estava a caminho de me embriagar homericamente, quando Jordan Baker saiu da casa e ficou parada por um momento no alto da escadaria de mármore, contemplando o jardim com um irônico interesse.

Bem-vindo ou não, achei necessário prender-me a alguém antes de começar a dirigir observações cordiais a cada estranho que passasse.

– Olá! – disse com uma espécie de rugido, enquanto avançava em direção a ela. Minha voz ecoou através do jardim e soou alta demais até para os meus ouvidos.

– Pensei que você poderia estar por aqui – respondeu ela, com um ar ausente, enquanto me aproximava. – Lembrei que você morava na casa ao lado...

Apertou minha mão de forma bastante impessoal, como uma promessa de que tomaria conta de mim dentro de um minuto, enquanto dirigia o olhar para duas garotas usando vestidos amarelos idênticos, paradas ao pé da escadaria.

– Olá! – elas falaram juntas. – Foi uma pena você não ter ganhado.

Estavam se referindo ao torneio de golfe. Ela tinha perdido na etapa final, na semana anterior.

– Você não sabe quem nós somos – disse uma das garotas. – Porém, nós a encontramos aqui há mais ou menos um mês.

– Vocês tingiram os cabelos nesse meio tempo – observou Jordan, causando um sobressalto em mim, mas as moças já tinham se movido rapidamente para o outro lado da festa e sua observação perdeu-se ao luar.

Com o braço dourado e esbelto de Jordan descansando no meu, descemos os degraus e saímos a passear pelo jardim. Uma bandeja de coquetéis flutuou em nossa direção através do crepúsculo e nos sentamos a uma das mesas, com as duas garotas de amarelo e três homens, cada um dos quais nos foi apresentado como sendo sr. Mumble.

– Vocês costumam vir a estas festas? – perguntou Jordan à garota a seu lado.

– A última foi aquela em que a conhecemos – respondeu a moça, com uma voz inteligente e confiante. Ela voltou-se para sua companheira. – A festa não foi para você, Lucille?

Pois a festa tinha sido realmente em homenagem a Lucille.

– Gosto de vir aqui – disse Lucille. – Não dou a menor bola para o que faço, e assim sempre me divirto bastante. Quando estive aqui da última vez, rasguei meu vestido em uma cadeira e ele me perguntou meu nome e endereço. Dali a uma semana, recebi um pacote da loja Croirier's com um vestido de noite novinho em folha.

– E você ficou com ele? – perguntou Jordan.

– Claro que fiquei. Eu até ia usá-lo hoje, mas ficou muito largo no busto e tive de mandar a costureira arrumar. Era azul clarinho, cheio de contas cor de lavanda. Custou 265 dólares.

– Há alguma coisa estranha em um camarada que faz uma coisa dessas – disse a outra garota, ansiosamente. – Ele não quer complicação com *ninguém*.

– Quem? – indaguei.

– Gatsby. Alguém me contou...

As duas garotas e Jordan inclinaram as cabeças em uma atitude confidencial.

– Alguém me contou que ele teria matado um homem certa vez.

Um arrepio perpassou por todos nós. Os três Mr. Mumbles também se inclinaram para escutar interessadamente.

– Eu não creio que seja realmente *isso* – argumentou Lucille com ceticismo. – É que ele fez espionagem para a Alemanha durante a guerra.

Um dos homens confirmou com a cabeça.

– Essa eu ouvi de um homem que sabe de toda a vida dele, um homem que cresceu com ele na Alemanha – garantiu-nos, com a maior convicção.

– Ah, não! – disse a primeira garota. – Isso não pode ser, porque ele serviu no exército americano durante a guerra.

Vendo que a nossa atenção voltava-se para ela, inclinou-se para frente, cheia de entusiasmo:

– Experimentem dar uma espiada nele numa ocasião em que ele não perceba que está sendo observado. Aposto que ele matou um homem.

Ela apertou os olhos e estremeceu. Lucille estremeceu também. Todos nos voltamos e olhamos ao redor para procurar Gatsby. A prova da atmosfera romântica que inspirava era que os rumores sobre ele surgiam justamente de pessoas que não tinham a menor ideia da sua vida ou de quem ele era.

O primeiro jantar (porque outro seria oferecido após a meia-noite) estava sendo servido agora, e Jordan me convidou para me reunir a seu grupo de amigos, que estava espalhado ao redor de uma mesa, do outro lado do jardim. Havia três casais e o par de Jordan, um estudante universitário que de vez em quando me fazia insinuações violentas; e que, obviamente, estava sob a impressão de que, mais cedo ou mais tarde, Jordan se entregaria a ele. Em vez de perambular, este grupo tinha preservado uma digna homogeneidade, assumindo para si a função de representar a nobreza rural permanente. Era East Egg tratando West Egg com condescendência, cuidadosamente em guarda contra sua alegria espectroscópica.

– Vamos sair daqui – sussurrou Jordan, depois de meia hora de certo modo desperdiçada. – Este ambiente está elegante demais para mim.

Levantamos e ela disse aos convivas que iríamos descobrir onde estava o anfitrião. Eu não tinha sido apresentado a ele, segundo ela explicou ao grupo, e estava começando a ficar um pouco constrangido. O universitário concordou com a cabeça, de um jeito cínico e melancólico.

O bar, onde procuramos primeiro, estava atravancado por uma multidão, mas Gatsby não se achava lá. Ela subiu ao topo da escadaria, mas não conseguiu avistá-lo; e ele também não se encontrava na varanda. Em um impulso, experimentamos uma porta de aspecto imponente e entramos em uma biblioteca de teto alto em estilo gótico, com paredes revestidas por painéis de carvalho inglês esculpido, provavelmente adquiridos de alguma mansão arruinada no ultramar e transplantada completa para a nova residência.

Um homem gordo de meia-idade, com enormes óculos que o deixavam com cara de coruja, estava sentado, um tanto bêbado, na beirada de uma grande mesa, olhando com uma concentração indecisa para as prateleiras de livros. Assim que entramos, ele se voltou com entusiasmo e examinou Jordan da cabeça aos pés.

– O que você acha? – quis saber, impetuosamente.

– Do quê?

Ele apontou para as prateleiras.

– Disso. Na realidade, você não precisa se dar ao trabalho de verificar. Eu já verifiquei. Eles são verdadeiros.

– Os livros?

Ele confirmou.

– São absolutamente reais. Têm páginas e tudo o mais. Eu pensei que fossem feitos de papelão. Mas o fato é o seguinte, todos são absolutamente reais. Têm páginas e... Olhe só! Eu vou lhe mostrar.

Não tendo a menor dúvida sobre nosso ceticismo, ele foi depressa até as prateleiras e retornou com o Volume I das *Conferências de Stoddard*.

– Veja! – gritou em triunfo. – É um exemplar legítimo de papel impresso. No princípio eu me enganei.

Este camarada é um verdadeiro Belasco[10]! É um verdadeiro triunfo! Que atenção aos detalhes! Que realismo! E tem mais, sabia onde parar!... Não cortou as páginas do livro. Mas também, o que vocês querem? O que estão esperando?

Arrancou o livro de minha mão e recolocou-o às pressas na prateleira, murmurando entre dentes que, se um tijolo fosse removido, a biblioteca inteira provavelmente desabaria.

– Quem foi que trouxe vocês? – quis saber. – Ou vocês simplesmente vieram? Eu fui trazido. A maior parte das pessoas foram trazidas.

Jordan contemplou-o com um ar inteligente e alegre, sem responder.

– Fui trazido por uma mulher cujo sobrenome é Roosevelt – continuou ele. – Sra. Claude Roosevelt. Vocês a conhecem? Eu a conheci em algum lugar na noite passada. Já faz uma semana que estou bêbado; e pensei que poderia ficar sóbrio se me sentasse em uma biblioteca.

– E adiantou?

– Adiantou um pouquinho, acho eu. Ainda não dá para dizer. Faz só uma hora que estou aqui. Eu já falei a vocês a respeito dos livros? Eles são verdadeiros. São reais. Eles são...

– Você já nos contou.

Apertamos sua mão com cerimônia e voltamos para o jardim da mansão.

Agora as pessoas estavam dançando sobre a lona da plataforma instalada no jardim. Velhos puxando garotas novinhas para frente e para trás em incessantes círculos sem graça, casais com ares de superioridade agarrando-se tortuosamente nas danças da moda e mantendo-se sempre pelos cantos, e um grande número de moças desacompa-

---

10. David Belasco (1854-1931), dramaturgo e produtor teatral norte-americano. (N.T.)

nhadas, que expressavam sua individualidade dançando sozinhas ou aliviando momentaneamente algum dos componentes da orquestra do fardo de tocar banjo ou percussão. Por volta da meia-noite, a euforia tinha aumentado. Um conhecido tenor tinha cantado em italiano e uma contralto famosa tinha cantado jazz; entre os números, algumas pessoas faziam "acrobacias" por todo o jardim, ao mesmo tempo em que as gargalhadas espocavam, vazias e felizes, erguendo-se no céu de verão. Um par de gêmeas, artistas de teatro, que descobri serem as garotas de amarelo, representou uma farsa, fantasiadas de bebê, enquanto o champanhe era servido em cálices maiores do que os recipientes de lavanda usados para limpar as pontas dos dedos. Agora a lua estava mais alta e, flutuando no Estreito, havia um triângulo de barquinhos que pareciam escamas prateadas e davam a impressão de tremular ao som destacado e metálico dos banjos no gramado.

Eu ainda estava em companhia de Jordan Baker. Estávamos sentados a uma mesa com um homem mais ou menos da minha idade e uma garotinha barulhenta que, à mais leve provocação, entregava-se a gargalhadas incontroláveis. Agora eu estava me divertindo. Tinha tomado dois cálices de champanhe, e o cenário havia se transformado diante de meus olhos em algo cheio de significado, rudimentar e profundo.

Em um intervalo entre as canções, o homem olhou para mim e sorriu.

– Seu rosto me parece familiar – disse com boas maneiras. – Por acaso você não estava na Primeira Divisão durante a guerra?

– Ora, é claro que estava. Eu pertencia ao 28º de Infantaria.

– Eu estava no 16º até junho de 1918. Eu sabia que o conhecia de algum lugar.

Conversamos por alguns momentos sobre vilarejos úmidos e cinzentos na França. Sem dúvida ele morava nas vizinhanças, porque me contou que acabara de comprar um hidroavião e iria experimentá-lo na manhã seguinte.

– Quer ir comigo, meu velho? Vamos voar somente perto da praia e ao longo do Estreito.

– A que horas?

– Na hora que ficar melhor para você.

Eu estava a ponto de indagar seu nome quando Jordan olhou ao redor e sorriu.

– Está se divertindo agora? – indagou.

– Está muito melhor – disse eu, e voltei-me para meu novo conhecido. – Esta festa é algo fora do comum para mim. Sequer encontrei o anfitrião. Eu moro ali adiante – falei, acenando com a mão na direção da sebe invisível à distância –, e este homem, Gatsby, mandou seu chofer me levar um convite.

Por um momento, ele olhou para mim como se não conseguisse entender.

– Eu sou Gatsby – disse subitamente.

– O quê! – exclamei. – Ah, por favor, perdoe-me!

– Pensei que você soubesse, meu velho. Temo não ser um anfitrião muito bom.

Sorriu com compreensão, com muito mais do que compreensão. Era um desses raros sorrisos que trazem em si algo de segurança e de conforto; um desses sorrisos que você encontra umas quatro ou cinco vezes em toda uma vida. Um sorriso que parecia encarar todo o mundo, a eternidade, e então se concentrava sobre você, transmitindo-lhe uma simpatia irresistível. Era um sorriso que o compreendia até o ponto em que você queria ser compreendido, acreditava em você como você gostaria de acreditar em si mesmo e lhe garantia que tinha de você a impressão mais favorável que você teria a esperança de comunicar. E, exatamente nesse momento, ele se desvaneceu. No instante seguinte, eu estava olhando para um fanfarrão jovem e elegante, um ou dois anos acima dos trinta, cuja elaborada formalidade de discurso por um triz não descambava para o absurdo. Poucos minutos antes que ele se apresentasse, eu tivera uma forte impressão de que escolhia suas palavras com todo o cuidado.

Quase no mesmo momento em que o sr. Gatsby se identificou, um mordomo correu para ele com a informação de que Chicago o estava chamando ao telefone. Ele se desculpou com uma discreta mesura para cada um de nós.

– Se você quiser alguma coisa, é só pedir, meu velho – disse-me, com toda a seriedade. – Desculpem-me agora. Mais tarde, voltarei para ficar com vocês de novo.

Assim que ele partiu, voltei-me de imediato para Jordan. De fato, sentia-me constrangido e achava necessário deixar bem claro para ela como havia ficado surpreso. Eu havia imaginado que o sr. Gatsby fosse um homem de meia-idade, corpulento e de cara vermelha.

– Quem é ele? – indaguei. – Você sabe?
– Ele é apenas um homem chamado Gatsby.
– Quero dizer, de onde ele é? E o que ele faz?
– Agora *é você* que entra nesse assunto... – respondeu-me, com um sorriso pálido. – Bem, uma vez ele me disse que tinha estudado em Oxford.

Comecei a delinear uma leve imagem dele quando a próxima observação de Jordan fez com que tudo se apagasse.

– Mas não acreditei.
– Por que não?
– Nem sei – insistiu ela. – Simplesmente não acho que ele tenha estudado lá.

Alguma coisa em seu tom de voz me fez lembrar da outra moça: "Eu acho que ele matou um homem", e teve o efeito de acirrar minha curiosidade. Eu teria aceitado sem questionar a informação de que Gatsby vinha dos pântanos da Louisiana ou que tinha saído da parte mais baixa do West Side de Nova York. Isto seria compreensível. Porém, homens jovens não surgiam de uma hora para outra vindos de lugar nenhum... Pelo menos em minha inexperiência provinciana eu acreditava que não. Não brotavam do nada e compravam um palácio junto ao Estreito de Long Island.

– Seja como for, ele dá grandes festas – disse Jordan, mudando de assunto, com o gosto cosmopolita pelo concreto. – E eu gosto de festas grandes. São tão íntimas. Quando há pouca gente, não se tem qualquer privacidade.

O estrondar de um bombo trovejou, e a voz do regente da orquestra ergueu-se subitamente acima da algaravia do jardim.

– Damas e cavalheiros – gritou ele –, a pedido de sr. Gatsby vamos executar para vocês o último trabalho do sr. Vladimir Tostoff, que atraiu tanta atenção no Carnegie Hall[11] durante o mês de maio passado. Se os senhores leram os jornais, viram que causou grande sensação.

Sorriu com uma condescendência jovial e acrescentou:

– Uma enorme sensação! – fazendo todo mundo rir. – A peça é conhecida – concluiu ele, alegremente – como *A História do Mundo em Jazz*, de Vladimir Tostoff.

A natureza da composição do sr. Tostoff passou por mim sem deixar vestígios, porque no momento em que começou a execução meu olhar recaiu sobre Gatsby, parado sozinho nos degraus de mármore e olhando de um grupo para outro com aprovação. Sua pele bronzeada de sol dava ao seu rosto um aspecto atraente, e seus cabelos curtos pareciam ser aparados todos os dias. Eu não conseguia ver nada de sinistro nele. Imaginei que não estava bebendo a fim de colocar-se em uma categoria diferente da de seus convidados, porque me parecia que sua atitude

---

11. Sala de espetáculos teatrais e musicais mandada construir em 1886 pelo industrial e filantropo escocês-americano Andrew Carnegie (1835-1919), inaugurada em 1891. Tanto a melodia citada como o compositor Tostoff são criações de Fitzgerald. (N.T.)

se tornava mais discreta à medida que a festa se soltava em champanhe e gargalhadas. Quando *A História do Mundo em Jazz* terminou, umas garotas escoravam romanticamente as cabeças nos ombros dos cavalheiros, enquanto outras fingiam desmaiar e se lançavam nos braços dos homens, ou até mesmo se atiravam sobre grupos de pessoas que estavam conversando, crentes de que alguém impediria que caíssem no chão... Mas ninguém se atrevia a desmaiar nos braços de Gatsby, e nenhuma cabeça feminina de cabelos curtos escorou-se nos ombros dele. Tampouco quarteto algum de cantores se formou para cantar nos ouvidos do anfitrião.

– Queiram me desculpar.

De repente, o mordomo de Gatsby estava parado a nosso lado.

– Miss Baker? – indagou ele. – Desculpe-me interrompê-la, porém o sr. Gatsby gostaria de conversar com a senhora em particular.

– Comigo? – exclamou ela, surpresa.

– Sim, madame.

Ela levantou-se devagar, ao mesmo tempo em que erguia as sobrancelhas para mim, cheia de espanto, e seguiu o mordomo em direção à casa. Percebi que ela envergava o vestido de noite, na verdade todos os seus vestidos, como se fossem roupas esportivas. Movimentava-se com extraordinária vivacidade, como se tivesse aprendido a caminhar, desde criança, nos gramados de campos de golfe, durante manhãs frias e límpidas.

Fiquei sozinho; e já eram quase duas da manhã. Já havia algum tempo escutava sons confusos e intrigantes, que pareciam originar-se de um grande salão cheio de janelas, que se erguia acima do terraço. Dando um jeito de me livrar do universitário de Jordan, que estava agora entretido em uma conversa um tanto obstétrica com duas coristas de teatro e que me implorava para que eu ficasse com eles, dirigi-me para o interior da casa.

O grande salão estava cheio de gente. Uma das garotas de vestido amarelo tocava piano, e a seu lado estava parada uma jovem senhora alta e ruiva, que pertencia a um coro famoso e interpretava uma canção. Tinha tomado grande quantidade de champanhe e, enquanto cantava, havia chegado à conclusão de que tudo era muito, muito triste, o que era evidenciado pelo fato de que não estava apenas cantando, mas chorava o tempo todo. Sempre que havia uma pausa na canção, ela enchia o espaço com soluços entrecortados e ofegantes; e então retomava a letra da melodia, em uma voz trêmula de soprano. As lágrimas escorriam por suas faces, mas não corriam soltas porque, ao entrarem em contato com a pesada maquiagem dos cílios, assumiam a cor da tinta e percorriam o restante do caminho transformadas em lentos regatos negros. Alguém insinuou, de brincadeira, que ela deveria cantar as notas estampadas em seu rosto, o que fez com que ela lançasse os braços para o ar em protesto e depois se atirasse em uma cadeira, caindo de imediato em sono profundo.

– Ela discutiu com um homem que diz ser o marido dela – explicou a garota ao meu lado.

Olhei ao redor. A maior parte das mulheres que ainda não tinha ido embora estava agora brigando com homens que diziam ser os seus maridos. Até mesmo o grupo de Jordan, o quarteto de East Egg, tinha sido dividido por uma altercação. Um dos homens estava tendo uma conversa, curiosa e intensa com uma jovem atriz; e sua esposa, depois de ter tentado rir da situação de uma forma digna e indiferente, entrou em colapso total e recorreu a ataques pelos flancos: em intervalos regulares, ela aparecia de repente a seu lado, enfurecida, e sibilava no seu ouvido: "Você prometeu!".

A relutância em ir para casa não se limitava aos homens. O saguão de entrada estava ocupado por dois homens deploravelmente sóbrios e suas esposas completamente indignadas. As esposas estavam demonstrando simpatia uma pela outra em vozes um pouco acima do tom de conversação normal.

– Sempre que ele vê que eu estou me divertindo, ele quer ir para casa!

– Nunca escutei uma coisa tão egoísta em toda a minha vida!

– Nós sempre somos os primeiros a sair de uma festa.

– Nós também.

– Bem, hoje nós somos praticamente os últimos – disse um dos homens. – A orquestra já foi embora há meia hora.

Apesar de as mulheres concordarem que tal maldade era quase inacreditável, a discussão terminou em briga e as esposas foram levadas esperneando porta afora.

Enquanto eu esperava por meu chapéu no saguão de entrada, a porta da biblioteca abriu-se e Jordan Baker e Gatsby saíram para o corredor. Ele dizia algumas últimas palavras para ela, mas o entusiasmo com que falava de repente transformou-se em formalidade no momento em que diversas pessoas se aproximaram para dizer-lhe adeus.

O grupo de Jordan chamava-a impacientemente, mas ela permaneceu ainda um momento para despedir-se de mim.

– Acabei de ouvir uma coisa assombrosa – sussurrou ela. – Quanto tempo nós ficamos lá dentro?

– Acho que mais ou menos uma hora.

– Foi... simplesmente assombroso – repetiu ela, com ar distraído. – Mas jurei que não contaria nada e estou só te provocando...

Ela bocejou cheia de graça no meu rosto.

– Por favor, venha me visitar... Veja na lista telefônica... No nome da sra. Sigourney Howard... Minha tia...

Ela foi se afastando enquanto falava, sua mão bronzeada acenando uma saudação altiva enquanto se misturava ao seu grupo junto à porta.

Um tanto envergonhado por ter ficado até tão tarde em minha primeira visita, reuni-me aos últimos dos convidados de Gatsby, que estavam amontoados a seu redor. Queria ainda explicar-lhe que havia procurado por ele no princípio da noite e desculpar-me por não o ter reconhecido no jardim.

– Nem fale mais nisso – interrompeu-me em tom decidido. – Nem pense mais nisso, meu velho.

A expressão familiar não traduzia mais familiaridade do que a mão que segurava meu ombro em uma demonstração de confiança.

– E não se esqueça de que vamos voar de hidroavião amanhã de manhã às nove horas.

O mordomo surgiu por detrás de seu ombro.

– Telefonema da Filadélfia, senhor.

– Tudo bem, daqui a um minuto. Diga a eles que já estou indo... Boa noite.

– Boa noite.

– Boa noite – disse ele, sorrindo, e, de repente, pareceu haver um significado agradável em estar entre os últimos que partiam, como se estivesse sendo realizado um desejo que ele tivera desde o princípio. – Boa noite, meu velho... Boa noite.

Porém, ao descer os degraus, percebi que a noite ainda não havia terminado. A cerca de quinze metros da porta, uma dúzia de faróis de automóveis iluminavam uma cena bizarra. Na valeta ao lado da estrada, com o lado direito para cima e uma das rodas violentamente arrancada, jazia um cupê novo que tinha deixado a estrada de acesso à casa de Gatsby menos de dois minutos antes. A extremidade de um muro que se projetava em direção à estrada parecia responsável pelo acidente, que estava agora tendo considerável atenção de meia dúzia de motoristas curiosos. Como eles tinham deixado seus carros no meio da estrada, bloqueando o trânsito, uma barulheira áspera e dissonante vinda dos automóveis que estavam retidos mais atrás acrescentava tensão e confusão à cena, por si só violenta o suficiente.

Um homem usando um longo guarda-pó[12] tinha descido do carro acidentado e estava parado no meio da estrada, olhando do automóvel para a roda e da roda para os observadores com uma expressão perplexa, mas divertida.

– Vejam! – disse ele. – Caiu dentro da valeta!

Para ele, o fato parecia extraordinariamente assombroso, e percebi a maneira incomum de espantar-se diante das coisas mais simples antes de identificar o homem: era o mesmo que havíamos encontrado na biblioteca de Gatsby.

– Como foi que aconteceu?

Ele deu de ombros.

– Não entendo absolutamente nada de mecânica – afirmou cheio de si.

– Mas como aconteceu? Você bateu no muro?

– Ah, nem me perguntem – disse o Olhos de Coruja, como se estivesse lavando as mãos do acontecido. – Sei muito pouco sobre como guiar carros, praticamente nada. Aconteceu e é só o que sei.

– Bem, se não sabe dirigir direito, não deveria estar guiando à noite.

– Mas eu não estava sequer tentando guiar – explicou ele, indignado. – Eu nem estava tentando.

Um silêncio espantado desceu sobre os presentes.

– Você quer se matar?

– Você teve sorte de ter sido só uma roda! Além de ser um mau motorista, não estava ao menos *tentando* dirigir o carro!

– Vocês não entendem – explicou o criminoso. – Não era eu quem estava dirigindo. Há outro homem no automóvel.

---

12. Como na época a maioria das estradas era de terra batida, era costume entre os motoristas e mesmo entre os passageiros colocar tapa-pós sobre as roupas de festa ou passeio a fim de protegê-las da poeira. (N.T.)

Esta declaração causou enorme impacto na plateia, que fez um longo "Ahhh!" de espanto enquanto a porta do cupê se abria devagar. A multidão (a essa altura, o grupo se transformara em uma verdadeira turba) recuou involuntariamente um passo e, quando a porta se abriu, houve uma pausa sobrenatural. Então, pouco a pouco, membro por membro, um indivíduo pálido e trêmulo saiu do carro quebrado e procurou equilibrar-se sobre o pavimento da estrada, executando uma série de movimentos incertos e espasmódicos com os pés enfiados em grandes sapatos de verniz.

Ofuscado pelo violento brilho dos faróis e confusa pelos uivos incessantes das buzinas, o fantasma ficou balançando por um momento antes de perceber o homem vestido de guarda-pó.

– O que houve? – perguntou calmamente. – Ficamos sem gasolina?

– Olhe!

Meia dúzia de dedos apontaram para a roda amputada. Ele arregalou os olhos para ela por um momento e então olhou para cima, como se suspeitasse de que havia caído do céu.

– A roda foi arrancada – alguém explicou.

Ele concordou.

– No começo, nem percebi que havíamos parado.

Uma pausa. Então, respirando fundo e endireitando os ombros, observou em um tom de voz bastante determinado:

– Será que algum de vocês pode me dizer onde há um posto de gasolina?

Pelo menos uma dúzia de homens, alguns deles um pouco menos embriagados, explicou-lhe que a roda e o carro não estavam mais ligados por qualquer conexão física.

– Tenho de sair da valeta – insistiu ele, após um momento. – Vou dar uma marcha a ré.

— Mas *a roda* caiu!
Ele hesitou...
— Não faz mal tentar – decidiu.
As buzinas enfurecidas eram, agora, um imenso coro infernal. Dei as costas para a cena e atravessei o gramado em direção à minha casa. Olhei ainda uma vez para trás. Uma lua parecida com uma hóstia brilhava sobre a casa de Gatsby, tornando a noite tão bela como antes, parecendo sobreviver às gargalhadas e aos demais sons de seu jardim ainda totalmente iluminado. Um súbito vazio pareceu flutuar desde as janelas e as grandes portas envidraçadas, envolvendo por completo a figura do anfitrião, ainda parado no pórtico, com a mão erguida em um gesto formal de adeus.

Lendo o que escrevi até agora, noto que dei a impressão de que os acontecimentos das três noites separadas por várias semanas foram as únicas coisas que mobilizaram a minha atenção neste tempo todo. Ao contrário, foram meramente fatos casuais ocorridos durante um verão agitado; e até muito tempo depois, pensei neles muito menos do que em meus assuntos pessoais.

A maior parte do tempo, eu trabalhava. Ainda de manhã cedo, o sol lançava minha sombra em direção ao oeste enquanto eu me apressava através dos abismos brancos da parte baixa de Nova York até o Probity Trust, o prédio onde ficava meu escritório. Eu conhecia os outros funcionários e os jovens corretores de ações pelos nomes e almoçava com eles em restaurantes escuros e lotados de gente comendo salsichas de porco, purê de batatas e café. Até mesmo tive um caso rápido com uma garota que morava em Jersey City e trabalhava no departamento de contabilidade, mas seu irmão começou a lançar uns olhares ameaçadores em minha direção, assim, quando ela entrou em férias em julho, deixei que o namoro acabasse tranquilamente.

Em geral, eu jantava no Yale Club. Por alguma razão, esse costumava ser o momento mais melancólico do meu dia. Depois, subia à biblioteca e estudava investimentos e títulos contábeis durante uma hora para acalmar minha consciência. Normalmente, havia um grupo de desordeiros no clube, mas nunca subiam à biblioteca, que era, portanto, um excelente lugar para trabalhar. Depois disso, se a noite fosse tranquila, eu descia a pé a Madison Avenue, passava pelo velho hotel Murray Hill e atravessava a 33rd Street até a Pennsylvania Station, a fim de pegar o trem.

Comecei a gostar de Nova York, das sensações aventurosas e excitantes da noite e da satisfação que a constante passagem de homens, mulheres e veículos dá aos olhares inquietos. Gostava de subir pela Quinta Avenida e escolher mulheres de aspecto romântico no meio da multidão e imaginar que dentro de alguns minutos eu entraria em suas vidas, sem que jamais alguém soubesse ou desaprovasse. Algumas vezes, em minha imaginação, eu as seguia até seus apartamentos nas esquinas de ruas obscuras e elas se viravam e sorriam para mim, antes de desaparecerem por alguma uma porta e se perderem na escuridão cálida. No crepúsculo encantado da metrópole, sentia algumas vezes uma solidão assombrosa e percebia que outros também a sentiam jovens pobres, que gastavam o tempo em frente às vitrinas, esperando a hora de um jantar solitário em qualquer restaurante; jovens funcionários de escritório perdidos no crepúsculo, desperdiçando em noites vazias os momentos mais pungentes de suas vidas.

E, de novo, às oito horas, quando as alamedas escuras da 40th Street começavam a ficar atulhadas por táxis que se dirigiam para a zona dos teatros, eu tinha a sensação de que meu coração afundava no peito. Dentro dos táxis, enquanto esperavam, vultos se aconchegavam, vozes cantavam, risos se sobressaíam aos ruídos da rua, enquanto os cigarros acesos formavam círculos de luz incompreensíveis nos interiores dos automóveis. Imaginando que também buscava por momentos alegres e compartilhava da contagiante excitação de todos, eu só lhes desejava o melhor.

Por algum tempo, perdi Jordan Baker de vista e, então, na metade do verão, encontrei-a novamente. A princípio, me sentia lisonjeado por ir aos lugares com ela, porque era uma campeã de golfe e seu nome era bastante conhecido. Mas havia algo mais. Não estava exatamente apaixonado, mas sentia por ela um misto de curiosidade e ternura. O rosto altivo e levemente entediado que ela mostrava ao mundo ocultava alguma coisa... Por trás de toda afetação sempre há alguma coisa, mesmo que a princípio não pareça. Um dia descobri o que havia por trás do caráter de Jordan Baker... Certa ocasião em que estávamos juntos, em uma festa numa casa em Warwick, ela esqueceu de fechar a capota do carro conversível em que estávamos. Durante a noite choveu muito, e ela recusou-se a admitir o seu esquecimento, alegando que alguém abrira a capota ou coisa assim. Subitamente, lembrei da história que havia escutado a respeito dela e que não recordara ao ouvir seu nome naquela noite em que a conheci na casa de Daisy. Em seu primeiro grande torneio de golfe, houve uma discussão que quase chegou aos jornais. Diziam que, na rodada final, ela havia mudado a posição de sua bola, ilegalmente, para um lugar melhor. A coisa chegou quase às proporções de escândalo, e então o assunto morreu. Um *caddy,* o carregador de tacos de golfe, na última hora modificou sua declaração; e a outra única testemunha admitiu que poderia ter-se enganado. Mas o incidente e o nome tinham permanecido juntos em minha memória.

Jordan Baker instintivamente evitava homens inteligentes e argutos; e agora eu percebia que isto se devia ao fato de que ela se sentia mais segura em lugares e com pessoas que ela tinha certeza que jamais questionariam sua ética e sua maneira de ser. Era irremediavelmente desonesta. Não aguentava sentir-se em desvantagem e, por isso, suponho que tenha começado muito cedo a utilizar subterfúgios, a fim de manter aquele sorriso frio e insolente voltado para o mundo, ao mesmo tempo em que satisfazia as exigências de seu corpo rijo e elegante.

Para mim, não fazia a menor diferença. Desonestidade em uma mulher é uma coisa que nunca se condena profundamente. Senti um certo desapontamento, mas foi apenas uma coisa passageira; e então deixei prá lá.... Foi nesta mesma festa que tivemos uma curiosa discussão sobre como dirigir um carro. Começou porque ela passou tão perto de alguns operários que nosso para-lama arrancou o botão do casaco de um dos homens.

– Você é uma péssima motorista – reclamei. – Ou começa a dirigir com mais cuidado, ou então deve parar de guiar.

– Eu sou cuidadosa.

– Ah, não é mesmo.

– Bem, as outras pessoas são – disse ela, com indiferença.

– E o que uma coisa tem a ver com a outra?

– Elas que saiam do meu caminho – insistiu ela. – São necessários dois para provocar um acidente.

– Vamos supor que encontre outra pessoa tão descuidada quanto você?

– Espero que isso nunca aconteça – respondeu. – Odeio gente descuidada. É por isso que gosto tanto de você.

Seus olhos cinzentos, semicerrados contra a luz do sol, continuaram fixos na estrada à frente, mas ela havia deliberadamente modificado o caráter do nosso relacionamento e, por um momento, achei que a amava. Mas penso muito devagar e estou sujeito a uma série de regras interiores que agem como freios sobre meus desejos; e sabia que, antes de iniciar um novo relacionamento, tinha de me livrar de uma vez por todas daquela confusão que havia deixado em minha terra. Eu vinha escrevendo cartas com regularidade, uma vez por semana, e ainda assinava "com amor, Nick", mas tudo o que conseguia lembrar era que, quando aquela determinada garota jogava tênis, um leve bigode de suor surgia em seu lábio superior. No entanto, havia entre nós um vago acordo que tinha de ser quebrado com bastante tato antes que eu pudesse me sentir livre.

Todos suspeitamos possuir pelo menos uma das virtudes cardeais, e esta é a minha – sou uma das poucas pessoas honestas que jamais conheci.

Capítulo Quarto

Nas manhãs de domingo, enquanto os sinos das igrejas badalavam nas aldeias ao longo da praia, uma grande parte dos convidados, acompanhados de suas amantes, retornava à casa de Gatsby e ficava a conversar alegremente no gramado de sua propriedade.

– Ele é um contrabandista de bebidas – diziam as jovens damas, em algum ponto do percurso entre a mesa de coquetéis e os canteiros de flores. – Uma vez, ele matou um homem que descobriu que ele era sobrinho de Von Hindenburg[13] e primo segundo do diabo. Alcance-me uma rosa, queridinho, e me sirva mais um gole neste cálice de cristal.

Uma vez, escrevi nos espaços vazios de uma tabela de horário de trens os nomes de todos que consegui identificar dentre os que estiveram na casa de Gatsby durante aquele verão. Agora, a tabela está bastante velha, o papel se desmanchando e caindo aos pedaços ao longo das dobras; no entanto, permanece legível o cabeçalho: *"Esta tabela entra em vigor a partir de 5 de julho de 1922"*. Mas ainda consigo ler os nomes escritos em tinta acinzentada pelo tempo, e estes lhe darão uma melhor impressão do que a sugerida por minhas observações de caráter mais geral sobre aqueles que aceitavam a hospitalidade de Gatsby e lhe prestavam o sutil tributo de não saber absolutamente nada a respeito de sua vida.

---

13. Paul von Beneckendorff und von Hindenburg (1847-1934), marechal e estadista alemão, vencedor dos russos na Batalha de Tannenberg (1914). Eleito Presidente da chamada República de Weimar em 1925, nomeou Adolf Hitler (1889-1945) como Chanceler do Reich em 1932. (N.T.)

De East Egg, portanto, vinham os Chester Beckers e os Leeches, e um homem chamado Bunsen, que eu conhecera em Yale, e o Dr. Webster Civet, que se afogou no verão passado na costa do Maine. E também os Hornbeams e Willie Voltaire e esposa, e um verdadeiro clã de sobrenome Blackbuck, que sempre se reunia em um canto do jardim e torcia o nariz, como um rebanho de cabras, para qualquer um que se atrevesse a chegar perto. Havia também os Ismays e os Chrysties (bem, na realidade, quem vinha eram Hubert Auerbach e a esposa do sr. Chrystie), e Edgar Beaver, cujo cabelo, segundo diziam, ficou branco como algodão de uma hora para outra, sem nenhuma razão aparente, em uma certa tarde de inverno.

Clarence Endive também era de East Egg, se estou bem lembrado. Ele somente veio uma vez, usando calças de golfe brancas, e meteu-se em uma discussão no jardim com um vagabundo chamado Etty. De lugares mais distantes da ilha vinham os Cheadles e os O. R. P. Schraeders e a família de Stonewall Jackson Abrams, que se mudara da Geórgia, além dos Fishguards e dos Ripley Snells. De fato, Snell esteve em uma das festas três dias antes de ir para a penitenciária e desmaiou no cascalho da entrada, tão embriagado que o automóvel da sra. Ulysses Swett passou por cima de sua mão direita. Vinham os Dancies, também, e S. B. Whitebait, que nessa época tinha bem mais de sessenta anos, e Maurice A. Flink, juntamente com os Hammerheads, e Beluga, o importador de tabaco, acompanhado de suas filhas.

De West Egg vinham os Pole e os Mulready; Cecil Roebuck e Cecil Schoen; Gulick, o senador do Estado, e Newton Orchid, que detinha o controle acionário da empresa cinematográfica Films Par Excellence; vinham também Eckhaust, Clyde Cohen e Don S. Schwartze (filho), além de Arthur McCarty, todos ligados à indústria cinematográfica de uma forma ou de outra. E os Catlip, Bemberg e G. Earl Muldoon, irmão daquele Muldoon que algum tempo depois estrangulou a esposa. Da Fontano, o empresário teatral, também ia lá, e Ed Legros e James B. ("Rot-Gut") Ferret e os De Jong e Ernest Lilly (de fato, estes vinham para jogar); e quando Ferret começava a perambular pelo jardim queria dizer que tinha perdido todo o dinheiro que trouxera, de modo que sua firma, Associated Traction, teria de dar lucros no dia seguinte.

Um homem chamado Klipspringer ia lá com tanta frequência que foi apelidado de "Pensionista"... Chego a duvidar que ele tivesse casa para morar. Quanto ao pessoal do teatro, havia Gus Waize, Horace O'Donavan, Lester Myer, George Duckweed e Francis Bull. Também de Nova York costumavam vir os Chrome e os Backhysson, os Dennicker e Russel Betty, os Corrigan e os Kelleher, os Dewar e os Scully, S. W. Belcher e os Smirke, o jovem casal Quinn, que agora está divorciado, e Henry L. Palmetto, que depois se suicidou pulando na frente de um trem do metrô na estação de Times Square.

Benny McClenahan sempre chegava acompanhado de quatro garotas. Nunca eram exatamente as mesmas, mas eram tão idênticas umas às outras que era inevitável supor que já haviam estado lá antes. Esqueci seus nomes... Uma era Jacqueline, eu acho, ou talvez fosse Consuela, ou Glória, ou Judy, ou June, e seus sobrenomes eram sempre nomes melodiosos de flores ou, quem sabe, os nomes dos meses; ou ainda os nomes mais *pesados* dos grandes capitalistas americanos, de quem elas confessariam, se insistissem um pouco, que eram primas.

Além de todos estes, eu recordo que Faustina O'Brien esteve lá pelo menos uma vez, junto com as garotas Baedeker e o jovem Brewer, que teve o nariz arrancado por uma bala durante a guerra; e o sr. Albrucksburger com a Srta. Haag, sua noiva; e Ardita Fitz-Peters e o sr. P. Jewett, que em determinada época foi presidente da Legião Americana; e a srta. Claudia Hip, com um homem que diziam ser o seu chofer; e um príncipe de alguma parte desconhecida, a quem chamávamos de duque, cujo nome já esqueci, se é que alguma vez cheguei a saber.

Toda esta gente veio à casa de Gatsby durante esse verão.

Às nove horas de uma manhã do final de julho, o esplêndido automóvel de Gatsby subiu lentamente pela entrada pedregosa que levava até a minha porta e fez ecoar o toque melodioso da sua buzina de três notas. Era a primeira vez que me visitava, embora eu tivesse ido a duas de suas festas, voado em seu hidroavião e, depois de insistentes convites, frequentado muitas vezes a sua praia.

– Bom dia, meu velho. Hoje você vai almoçar comigo e pensei que podíamos ir no mesmo carro.

Ele estava se equilibrando sobre o para-lama lateral[14] do carro com a agilidade de movimentos que é tão peculiarmente americana e que nos vem, suponho eu, da ausência de trabalho braçal pesado na juventude; e, ainda mais, da graça disforme dos esportes que praticávamos de forma esporádica e nervosa. Esta qualidade se revelava constantemente através de seus modos deliberadamente educados, como uma espécie de ansiedade. Ele nunca ficava completamente quieto, sempre havia um pé batendo ou uma mão que se abria e fechava com impaciência e sem parar.

Ele percebeu que eu estava olhando com admiração para o carro.

– É bonito, não é, meu velho? – disse ele, pulando para o chão e afastando-se do automóvel a fim de que eu tivesse uma visão melhor. – Nunca o tinha visto antes?

É claro que eu já o tinha visto. Todo mundo já vira aquele carro. Era pintado em uma tonalidade creme-

---

14. Os automóveis da época tinham a carroceria estreita, com uma tábua ou prancha de metal disposta horizontalmente de cada lado, para ajudar a descer e evitar que a lama respingasse nos passageiros. (N.T.)

amarelada, vistosa, com cromados reluzentes, alargado aqui e ali, ao longo de seu comprimento monstruoso, com compartimentos para bagagens, lanches e caixas de ferramentas, e protegido por um labirinto de para-brisas que espelhavam o fulgor de um dúzia de sóis. Sentados por trás de muitas camadas de vidro, em uma espécie de estufa de couro verde, partimos rumo à cidade.

Eu havia conversado com ele talvez meia dúzia de vezes durante o mês anterior e descoberto, para minha decepção, que ele tinha muito pouco a dizer. Assim, minha primeira impressão, a de que ele fosse uma pessoa de uma certa importância, ainda que indefinida, tinha se dissipado e para mim ele se tornara apenas o proprietário de uma magnífica hospedaria de beira de estrada que por acaso ficava ao lado de minha casa.

E então ocorreu aquele passeio desconcertante. Ainda não tínhamos chegado à aldeia de West Egg quando Gatsby começou a deixar pela metade suas frases elegantes e a bater nervosamente com a palma da mão contra o joelho do terno cor de caramelo.

– Olhe aqui, meu velho – falou de repente, para minha total surpresa. – Vamos lá, diga-me: qual é sua opinião a meu respeito?

Fiquei um tanto atrapalhado e comecei com as evasivas de caráter geral que esse tipo de pergunta merece.

– Bem, vou contar-lhe algumas coisas a respeito de minha vida – interrompeu ele. – Não quero que você faça uma ideia errada de mim a partir dessas histórias que circulam por aí.

Portanto, ele estava a par das acusações bizarras que apimentavam as conversas em seus salões.

– Por Deus, vou contar-lhe a verdade – afirmou ele, enquanto erguia sua mão direita como que a evocar o testemunho divino. – Sou filho de uma família rica do Centro-Oeste; infelizmente, já morreram todos. Fui criado na América, mas estudei em Oxford, porque todos os meus ancestrais frequentaram aquela universidade. É tradição de família.

Observou-me pelo canto do olho e, no mesmo instante, percebi por que Jordan Baker achara que ele estava mentindo. Ele pronunciou rapidamente a expressão "estudei em Oxford", ou engoliu as palavras, ou se engasgou com elas, como se já o tivessem incomodado antes. E diante desta dúvida, todo o seu depoimento desfez-se em pedaços e eu fiquei imaginando se, no final das contas, não haveria realmente alguma coisa sinistra em que estivesse envolvido.

– Que parte do Centro-Oeste? – indaguei, como quem não quer nada.

– São Francisco[15].

– Ah, sim! Claro...

– Toda a minha família morreu e herdei bastante dinheiro.

Sua voz era solene, como se a memória dessa súbita extinção de um clã ainda o assombrasse. Por um momento, suspeitei que ele estivesse brincando, mas um rápido olhar lançado a seu rosto convenceu-me do contrário.

– Depois disso, vivi como um jovem rajá em todas as capitais da Europa: Paris, Veneza, Roma, colecionando joias, especialmente rubis, caçando grandes animais, pintando um pouco, para mim mesmo, e, sobretudo, tentando esquecer algo muito triste que me aconteceu muito tempo atrás.

Com esforço, consegui impedir um riso de incredulidade. As próprias frases que ele usava tinham sido repetidas tantas vezes, estavam tão desgastadas que não evocavam imagem alguma, exceto a de um "rajá" de turbante perseguindo um tigre através do Bois de Boulogne.

– Foi então que chegou a guerra, meu velho camarada. Foi um grande alívio e eu fiz de tudo para morrer,

---

15. Uma afirmação incoerente, porque a Califórnia fica na Costa do Pacífico, no extremo oeste dos Estados Unidos e não no Centro-Oeste. (N.T.)

mas parecia que a minha vida era encantada. Aceitei uma nomeação como primeiro-tenente assim que tudo começou. Na Floresta de Argonne, levei o que sobrou de meu batalhão de metralhadores tão à frente da linha de batalha que resultou em um intervalo de oitocentos metros de cada lado de nossa unidade, no qual a infantaria não conseguia avançar. Ficamos presos lá dois dias e duas noites, cento e trinta homens com dezesseis metralhadoras Lewis; e, quando a infantaria finalmente chegou, encontraram as insígnias de três divisões alemãs entre as pilhas de mortos. Fui promovido a major e recebi condecorações de todos os governos aliados, inclusive de Montenegro, o pequeno Montenegro localizado no mar Adriático!

O pequeno Montenegro! Ele jogou as palavras ao ar e cumprimentou-as com um sorriso. O sorriso compreendia a perturbada história de Montenegro e se solidarizava com os bravos combates travados pelo povo montenegrino. Gostava de lembrar da combinação de circunstâncias que culminaram com o fato de ele receber este tributo sincero do Estado de Montenegro. Minha incredulidade transformou-se em fascinação... eu me sentia como se estivesse folheando às pressas uma dúzia de revistas.

Ele enfiou a mão no bolso e colocou na palma de minha mão um pedaço de metal preso a uma fita.

– Essa é a medalha de Montenegro.

Para meu assombro, parecia autêntica. Trazia uma legenda circular: *"Orderi di Danilo. Montenegro, Nicolas Rex."*

– Vire e olhe do outro lado.

– *"Major Jay Gatsby"* – li em voz alta. – *"Por Valor Extraordinário"*.

– Aqui está uma outra coisinha que sempre trago comigo. Uma lembrança de meus dias em Oxford. Foi tirada no Quadrilátero da Trindade. O homem à minha esquerda é agora o Conde de Doncaster.

Era uma fotografia de meia dúzia de jovens usando blazers, muito à vontade sob uma arcada. Lá estava Gatsby, um pouco mais jovem, mas não muito, trazendo em uma das mãos um bastão de críquete.

Então, tudo era verdade. Vi as peles dos tigres flamejando em seu palácio no Grande Canal de Veneza; imaginei-o abrindo um cofre cheio de rubis a fim de consolar, com o brilho esfuziante das pedras, os tormentos de seu coração partido.

– Vou lhe fazer um pedido muito importante hoje – disse ele, embolsando os *souvenirs* com satisfação. – Por isso, achei que você deveria saber alguma coisa a meu respeito. Não quero que você pense que sou um *ninguém*. Eu passo o tempo todo entre estranhos porque fico vagando de lá para cá, tentando esquecer algo muito triste que me aconteceu.

Ele hesitou:

– Você saberá de tudo esta tarde.

– Durante o almoço?

– Não, hoje à tarde. Fiquei sabendo que você vai levar Miss Baker para tomar chá.

– Não vai me dizer que está apaixonado por Miss Baker?

– Não, meu velho. Não estou, não. Mas Miss Baker me fez a gentileza de consentir em conversar com você a respeito deste assunto.

Eu não fazia a menor ideia do que "este assunto" era, mas estava mais aborrecido do que interessado. Não tinha convidado Jordan para tomar chá a fim de discutir os assuntos do sr. Jay Gatsby. Tinha certeza de que o pedido que ele pretendia me fazer seria algo completamente inusitado; e, por um momento, lamentei um dia ter posto os pés em seus jardins apinhados.

Ele não disse mais nada e foi ficando cada vez mais formal à medida que nos aproximávamos da cidade. Passamos pelo pequeno Port Roosevelt, onde tivemos uma breve visão de navios transatlânticos pintados com faixas vermelhas e corremos ao longo de uma rua de paralelepípedos que atravessava uma área decadente e pobre, em que se alinhavam bares escuros mas ainda funcionando, cuja pintura dourada do início do século estava agora desbotada. Então o vale de cinzas se abriu diante de nós e, enquanto o atravessávamos, observei rapidamente a sra. Wilson operando a bomba de gasolina do posto, cheia de uma ofegante vitalidade.

Com os para-lamas abertos como asas, cruzamos rapidamente metade da vizinhança de Astória. Apenas a metade, porque, enquanto contornávamos os pilares do trem elevado, escutei o rugido familiar de uma motocicleta, e um policial frenético nos alcançou e começou a correr ao lado do automóvel.

– Tudo bem, meu velho – gritou Gatsby.

Diminuímos a marcha. Tirando um cartão branco da carteira, ele acenou-o diante dos olhos do homem.

– Ah, desculpe! Tem toda a razão – concordou o policial, levando os dedos à aba do capacete. – Da próxima vez, eu o reconhecerei, sr. Gatsby. *Me* desculpe!

– Mas o que é isso? – perguntei. – A fotografia de Oxford?

– Tive a oportunidade de prestar um favor ao chefe de Polícia e, desde então, ele me manda um cartão de Natal todos os anos...

Cruzamos a grande ponte, com a luz do sol que passava a intervalos por entre os cabos de sustentação que tremeluziam sem parar sobre os carros em movimento, enquanto a cidade se erguia do outro lado do rio como caixas brancas empilhadas por um dinheiro de origem duvidosa. Olhando da ponte de Queensboro, é como se a gente estivesse vendo a cidade pela primeira vez, com sua promessa de todo o mistério e toda a beleza deste mundo.

Um homem morto passou por nós, transportado em um carro funerário coberto de flores em botão, seguido por duas carruagens com as cortinas fechadas e por uma série de outros coches com aspecto mais alegre, em que seguiam os amigos e conhecidos. Estes nos contemplaram de passagem com os olhares trágicos e os lábios superiores finos típicos do sudeste da Europa; e fiquei contente que a visão do esplêndido carro de Gatsby os distraísse um pouco naquele dia sombrio. Enquanto atravessávamos Blackwell's Island, fomos ultrapassados por uma limusine, dirigida por um chofer branco, em cujo assento traseiro sentavam-se três negros vestidos no rigor da moda, dois rapagões e uma garota. Soltei uma gargalhada sonora enquanto seus olhos rolavam em nossa direção em altiva rivalidade.

– Tudo pode acontecer, agora que atravessamos esta ponte – pensei. – Absolutamente tudo.

Até mesmo Gatsby podia acontecer, sem provocar nenhum assombro em particular.

Meio-dia ruidoso. Em um porão bem ventilado da 42nd Street, encontrei-me com Gatsby para almoçar. Um pouco ofuscado no escuro pela claridade da rua, consegui identificá-lo na antessala, falando com outro homem.

– Sr. Carraway, este é meu amigo, o sr. Wolfsheim.

Um judeu pequeno e de nariz achatado levantou sua cabeça grande e me contemplou através de dois belos tufos de pelos que cresciam cheios de viço pelas narinas. Depois de um momento, consegui identificar seus olhos minúsculos na penumbra.

– ...assim, eu dei uma olhada nele – disse o sr. Wolfsheim, enquanto me apertava a mão firmemente –, e o que você pensa que eu fiz?

– O quê? – perguntei educadamente.

Mas ficou evidente que ele não estava falando comigo, porque largou minha mão e voltou seu enorme nariz para Gatsby a fim de recobri-lo com sua sombra.

— Eu entreguei o dinheiro para Katspaugh e disse: "Tudo bem, Katspaugh, não lhe pague um tostão até que ele feche a boca". Pois olhe, ele fechou a boca no mesmo instante.

Gatsby segurou a nós dois, cada um por um braço, e conduziu-nos para o restaurante, o que obrigou o sr. Wolfsheim a engolir uma nova frase que estava a ponto de começar e a recair em uma abstração de sonâmbulo.

— Highballs[16]? — indagou o chefe dos garçons.

— Este é um ótimo restaurante — disse o sr. Wolfsheim, olhando para o teto decorado com ninfas vestidas de modo a satisfazer a ética presbiteriana. — Mas gosto mais daquele que fica do outro lado da rua!

— Sim, highballs — concordou Gatsby. Depois voltou-se para o sr. Wolfsheim: — Lá no outro está muito quente.

— Quente e apertado, sim — concordou o sr. Wolfsheim. — Mas está cheio de lembranças.

— De que lugar estão falando? — perguntei.

— Do velho Metrópole.

— O velho Metrópole — lamentou-se o triste sr. Wolfsheim. — Cheio de rostos mortos e perdidos. Cheio de amigos que partiram para sempre. Não poderei esquecer, não enquanto viver, a noite em que mataram Rosy Rosenthal lá em frente. Estávamos nós seis sentados à mesa, e Rosy tinha comido e bebido muito a noite toda. Já era quase de manhã quando o garçom aproximou-se dele com uma expressão muito estranha e disse que havia uma pessoa que queria falar-lhe em frente ao restaurante. "Tudo bem", disse Rosy e começou a se levantar, mas eu o puxei pela aba do casaco de volta para a cadeira. "Deixe que os cretinos venham aqui dentro, se eles quiserem falar com você, Rosy, mas Deus me ajude se permitir que você saia

---

16. Drinque com gelo, contendo uísque ou outra bebida forte, misturado com água comum, soda ou água mineral, e servido em um copo de pé comprido. (N.T.)

desta sala." Já eram quatro da manhã e, se abríssemos as venezianas, poderíamos ver lá fora a luz do dia.

– E, afinal, ele foi? – perguntei na minha inocência.

– Claro que foi – o nariz do sr. Wolfsheim brilhou em minha direção, com ar indignado. – Quando ele chegou à porta, voltou-se e falou: "Não deixem o garçom tirar o meu café!". Então ele foi até a calçada e os caras acertaram três tiros direto naquela barriga cheia e fugiram em um automóvel que estava esperando.

– Quatro deles foram eletrocutados na cadeira elétrica – disse eu, recordando o fato.

– Cinco, se você contar Becker – disse ele. As narinas do sr. Wolfsheim voltaram-se para mim, com interesse. – Segundo entendo, você está procurando uma "gonegsão" comercial.

A justaposição destas duas observações deixou-me atônito. Gatsby respondeu por mim.

– Não, não! – exclamou ele. – Este não é o homem que você estava esperando.

– Não? – o sr. Wolfsheim parecia decepcionado.

– Este é só um amigo. Eu lhe disse que falaríamos sobre esse assunto em outra ocasião.

– Desculpe-me – disse o sr. Wolfsheim. – Pensei que fosse outra pessoa.

Chegou um suculento picadinho de carne com batatas e o sr. Wolfsheim, esquecendo a atmosfera sentimental do velho Metrópole, começou a comer com uma delicadeza voraz. Enquanto isso, seus olhos percorriam muito lentamente a sala inteira. Completou o arco, voltando-se para inspecionar as pessoas que estavam diretamente atrás dele. Acho que, se não fosse pela minha presença, ele teria dado uma espiadela até mesmo embaixo de nossa mesa.

– Olhe aqui, meu velho – disse Gatsby, inclinando-se em minha direção –, acho que hoje de manhã eu o deixei um pouco zangado no carro.

Lá estava aquele sorriso de novo, mas desta vez eu resisti a ele.

– Não gosto de mistérios – respondi. – E, na verdade, não entendo por que você não fala com franqueza e me diz logo o que quer. Por que a história toda tem de ser através de Miss Baker?

– Ora, não há nada de ilícito nisto – garantiu-me ele. – Miss Baker é uma grande desportista, como você sabe. Ela jamais faria qualquer coisa que não fosse correta.

De súbito, ele olhou para o relógio, pulou da mesa e saiu do restaurante, deixando-me sozinho à mesa com o sr. Wolfsheim.

– Ele precisa dar um telefonema – explicou o sr. Wolfsheim, enquanto o acompanhava com o olhar. – Um excelente sujeito, não é? Além de ser um homem bonito, ele é um perfeito cavalheiro.

– É.

– Ele estudou em "Oggsford".

– Ah, foi?

– Pois é. Ele frequentou a Universidade de "Oggsford", na Inglaterra. Já ouviu falar na Universidade de "Oggsford"?

– Já. Já me falaram dela.

– É uma das universidades mais famosas do mundo.

– Você conhece Gatsby há muito tempo? – indaguei.

– Há vários anos – respondeu, muito satisfeito. – Tive o prazer de conhecê-lo logo após a guerra. Depois de conversar com ele por uma hora, logo percebi que havia encontrado um homem de fina educação. Eu disse a mim mesmo: "Este é o tipo de homem que você gostaria de convidar para sua casa e apresentar à sua mãe e à sua irmã".

Após uma pausa, ele prosseguiu:

– Vejo que você está olhando para minhas abotoaduras.

Eu não estava olhando, mas então olhei. Eram formadas por pedaços irregulares de marfim, que me pareceram estranhamente familiares.

– São feitas com os melhores espécimes de molares humanos que consegui encontrar – informou-me.

– Bem! – disse eu, inspecionando os objetos. – Eis uma ideia bastante interessante.

– Sim! – disse ele, enfiando os punhos da camisa novamente embaixo das mangas do casaco. – Sim, Gatsby é muito cuidadoso com mulheres. Ele sequer olharia para a esposa de um amigo.

Quando o objeto da sua irrestrita confiança retornou à mesa e sentou-se, o sr. Wolfsheim bebeu seu uísque de um trago e ergueu-se.

– Apreciei muito o almoço – disse ele. – Agora vou escapar da presença de vocês dois, meus jovens, antes que me torne aborrecido.

– Não se apresse, Meyer – disse Gatsby, mas sem demonstrar entusiasmo.

O sr. Wolfsheim ergueu a mão em uma espécie de bênção.

– O senhor é muito polido, mas pertenço a outra geração – anunciou com solenidade. – Agora vocês continuem sentados aqui e discutam esportes e namoradas e... – ele mandou um substantivo imaginário com um gesto de mão. – Quanto a mim, tenho cinquenta anos de idade e não vou mais incomodá-los com a minha presença.

Enquanto ele nos apertava as mãos e se virava para sair, seu nariz imenso tremia de maneira trágica. Fiquei imaginando se alguma coisa que eu havia dito o ofendera.

– Algumas vezes, ele fica muito sentimental – explicou Gatsby. – Este é um de seus dias sentimentais. Ele é um personagem muito conhecido em Nova York, frequentador de todas as peças da Broadway.

– Mas, afinal, o que ele é? Um ator?

– Não.

– É dentista?

– Meyer Wolfsheim? Não, ele é jogador profissional.

Gatsby pareceu hesitar, mas então acrescentou, friamente:

– Ele é o homem que "arranjou" o Campeonato Mundial de 1919.

– Que *arranjou* o Campeonato Mundial? – repeti, um tanto perplexo.

A notícia me deixou atordoado. Eu me lembrava, naturalmente, de que tinha havido trapaça nos resultados do Campeonato Mundial de 1919, mas, se eu tivesse me dado o trabalho de pensar sobre o assunto, teria imaginado que era uma coisa que simplesmente *tinha acontecido*, consequência de uma cadeia de acontecimentos inevitáveis. Nunca me havia ocorrido que um único homem poderia ter brincado com a fé de cinquenta milhões de pessoas com a mesma frieza de um assaltante explodindo um cofre.

– Mas como foi que ele conseguiu fazer isso? – perguntei, depois de refletir por um minuto.

– Ele simplesmente aproveitou uma oportunidade.

– E por que ele não está na prisão?

– Não vão conseguir pegá-lo, meu velho. Ele é um homem esperto.

Insisti em pagar a conta. Enquanto esperava que o garçom me trouxesse o troco, percebi que Tom Buchanan estava do outro lado do movimentado salão.

– Venha comigo por um momento – disse eu. – Preciso cumprimentar uma pessoa.

Quando nos avistou, Tom ergueu-se de um pulo e deu alguns passos em nossa direção.

– Por onde você tem andado? – perguntou-me com veemência. – Daisy está furiosa porque você não nos telefonou mais.

– Este é o sr. Gatsby, sr. Buchanan.

Trocaram rápido aperto de mãos, enquanto uma expressão tensa de embaraço e constrangimento surgia no rosto de Gatsby.

– E onde você tem andado, diga logo! – perguntou Tom. – E por que razão você veio comer tão longe de casa?

– Estava almoçando com o sr. Gatsby.

Virei-me para incluir o sr. Gatsby na conversa, mas ele não estava mais ali.

"Foi em um dia de outubro de 1917", disse Jordan Baker naquela tarde, sentada de costas bem eretas em uma cadeira de espaldar reto no jardim em que serviam chá no The Plaza. "Eu estava caminhando de um lado para outro, meio sem destino, um pouco nas calçadas, um pouco subindo nos gramados. Sentia-me mais feliz caminhando nos gramados porque estava usando sapatos importados da Inglaterra que tinham garras de borracha nas solas e estas se enfiavam no solo macio. Eu estava usando uma saia nova de estampa escocesa que ondulava um pouco com a brisa e, sempre que isto acontecia, as bandeiras vermelhas, brancas e azuis hasteadas na frente de todas as casas se inflavam com o vento e pareciam fazer um 'nã-nã-nã-nã' de reprovação.

"A maior das bandeiras e o gramado mais extenso pertenciam à casa de Daisy Fay. Na época, ela só tinha dezoito anos, ou seja, era dois anos mais velha do que eu e sem a menor dúvida era a garota mais popular em Louisville. Ela costumava se vestir de branco e tinha um carro esporte também branco e o telefone tocava o dia inteiro em sua casa enquanto jovens oficiais cheios de entusiasmo, servindo no quartel de Camp Taylor, solicitavam o privilégio de ter sua companhia naquela noite, 'nem que fosse por uma hora!'.

"Quando cheguei em frente à casa dela nessa manhã, o carrinho branco estava estacionado junto ao meio-fio; e ela estava sentada dentro dele com um tenente que eu nunca vira antes. Estavam tão interessados um no outro que ela só me enxergou quando cheguei a um metro e meio de distância.

"– Ei, Jordan! – chamou ela, para a minha surpresa. – Por favor, chegue aqui.

"Me senti lisonjeada por ver que ela queria conversar comigo, uma vez que, dentre todas as garotas da cidade mais velhas do que eu, era justamente ela a que eu mais admirava. Me perguntou se eu estava indo ao escritório da Cruz Vermelha para ajudar a fazer curativos nos soldados, e respondi que sim. Bem, então, será que eu poderia avisar que um compromisso urgente a impedia de trabalhar nesse dia? O oficial olhava para Daisy enquanto ela falava, daquele jeito que toda jovem deseja ser olhada, pelo menos em determinadas ocasiões e por pessoas especiais; sempre me lembro desse incidente porque me pareceu muito romântico na época. Seu nome era Jay Gatsby, e por quatro anos não tornei a vê-lo. Mesmo quando o encontrei em Long Island não havia percebido que era o mesmo homem.

"Isso foi em 1917. No ano seguinte, eu mesma tinha também meus admiradores e comecei a jogar em campeonatos, de modo que não encontrava Daisy com muita frequência. Ela andava com uma turma um pouco mais velha do que a minha, quer dizer, quando ela se dispunha a sair com alguém. Andavam circulando umas conversas meio estranhas a respeito dela... Por exemplo, que sua mãe a havia encontrado em uma noite de inverno, fazendo as malas para ir até Nova York para dar adeus a um soldado que estava embarcando para a guerra na Europa. A mãe conseguiu impedi-la, mas ela ficou sem falar com a família inteira durante várias semanas. Depois disso, ela parou de se encontrar com os outros soldados e passou a sair somente com alguns rapazes de pé chato ou vista curta que não conseguiram se alistar no exército.

"Mas, no outono seguinte, ela estava alegre de novo, tão alegre como sempre tinha sido. Debutou após o Armistício, e em fevereiro todos falavam que estava noiva de um homem de Nova Orleans. Em junho, ela se casou com Tom Buchanan, que era de Chicago, em uma cerimônia cheia de pompa e circunstância, a maior que já havia sido celebrada em Louisville. Ele apareceu com uma centena de convidados, tendo fretado quatro vagões no trem de passageiros, e alugou um andar inteiro do Hotel Muhlbach; no dia anterior ao casamento, ele deu a ela um colar de pérolas avaliado em 350 mil dólares.

"Eu fui dama de honra. Entrei no quarto dela meia hora antes do jantar nupcial e a encontrei caída na cama, linda como uma noite de junho no vestido bordado de flores... E completamente bêbada. Ela segurava uma garrafa de Sauterne em uma das mãos e uma carta na outra.

"– Me dê os parabéns – resmungou ela. – Nunca bebi antes, mas como é gostoso!

"– Qual é o problema, Daisy?

"Eu estava apavorada, juro que estava. Nunca tinha visto uma garota naquele estado.

"– Pegue aqui, 'queída' – disse ela, remexendo desajeitada uma cesta de lixo que havia colocado em cima da cama e tirando do fundo um colar de pérolas. – Pegue essa coisa e leve lá pra baixo e entregue de volta pra qualquer cara que seja o dono. Diga praquele povo todo que Daisy mudou de ideia. Vá lá e diga: 'Daisy mudou de ideia!'

"E começou a chorar. Chorava e chorava sem parar. Saí correndo do quarto e encontrei a criada de sua mãe. Trancamos a porta e a colocamos dentro da banheira cheia de água fria. Ela não largava a tal carta de jeito nenhum. Levou-a para dentro da banheira e a transformou em uma bola úmida bem apertada e só me deixou colocá-la dentro da saboneteira quando percebeu que estava se desmanchando como flocos de neve.

"Não disse mais nenhuma palavra. Fizemos com que respirasse sais de amônia, colocamos gelo na sua testa e a pusemos de volta no vestido; meia hora depois, quando saímos do quarto, as pérolas estavam penduradas em seu pescoço e o incidente tinha terminado. No dia seguinte, às cinco da tarde, ela se casou com Tom Buchanan sem a menor dificuldade; de fato, não demonstrou estar sentindo sequer um calafrio... Depois da cerimônia, os dois partiram em uma viagem de núpcias pelos Mares do Sul que durou três meses.

"Quando voltaram, eu os encontrei em Santa Bárbara, na Califórnia, e pensei que nunca tinha visto uma garota tão apaixonada pelo marido. Se ele se afastava por um momento, ela ficava inquieta e olhava em volta, perguntando: "Onde está Tom?", e depois ficava com uma expressão ausente até que ele voltasse para a sala. Ela costumava sentar-se na areia com a cabeça dele no colo por horas a fio, esfregando os dedos sobre as pálpebras dos olhos dele, e ficava a admirá-lo com um ar de insondável encantamento. Era tocante vê-los juntos... Dava vontade de rir baixinho, fascinada. Isso foi em agosto. Uma noite, uma semana depois que saí de Santa Bárbara, Tom bateu em um caminhão na estrada de Ventura, arrebentando uma das rodas dianteiras de seu carro. A garota que estava com ele no carro foi mencionada nos jornais, também, porque quebrara um braço. Era uma das camareiras do Hotel Santa Bárbara.

"Em abril do ano seguinte, Daisy teve sua menininha e eles foram passar um ano na França. Na primavera, encontrei-os em Cannes e depois em Deauville; a seguir, decidiram morar em Chicago. Como você sabe, Daisy era muito conhecida em Chicago. Eles conviviam com uma turma da pesada, todos jovens, ricos e desordeiros; mas ela atravessou esse período mantendo a reputação incólume. Talvez tenha conseguido isto porque não se embriagava. É uma grande vantagem não beber quando se está no meio de uma turma de beberrões. Você pode controlar a língua e, além disso, se você quiser, pode até incorrer em uma pequena irregularidade ou duas quando todos estiverem cegos de bêbados ou pelo menos tão embriagados que não deem a mínima. Talvez Daisy nunca tenha arranjado um amante, afinal de contas... Mas existe alguma coisa na voz dela que...

"Bem, mais ou menos seis semanas atrás, ela escutou o nome de Gatsby pela primeira vez em anos. Foi quando perguntei – lembra? – se você conhecia Gatsby em West Egg. Depois que você tinha ido para casa, ela foi ao meu quarto, me acordou e perguntou: 'Que Gatsby?'. E quando eu o descrevi, meio dormindo, ela disse, com um tom de voz estranhíssimo, que deveria ser o mesmo homem que ela havia conhecido. Foi só nesse momento que fiz a ligação entre Gatsby e o oficial que eu tinha visto em seu carrinho branco."

Quando Jordan Baker acabou de me contar tudo isso, já fazia meia hora que tínhamos deixado o Plaza e estávamos passeando de charrete no Central Park. O sol tinha desaparecido atrás dos altos prédios de apartamentos ocupados por estrelas do cinema no lado oeste da 50th Street e as vozes claras de crianças, em uníssono, erguiam-se no quente crepúsculo:

"Eu sou o Sheik da Arábia,
Teu amor conquistarei,
À noite, quando dormires,
Em tua tenda eu entrarei..."

– Que coincidência mais estranha – falei.
– Não foi de maneira alguma uma coincidência.
– Por que não?
– Gatsby comprou aquela casa de propósito, porque sabia que Daisy estava morando do outro lado da baía.

De repente, percebi que não eram apenas as estrelas que ele contemplava naquela noite de junho em que o avistei pela primeira vez. A partir desse momento, ele me pareceu muito mais vivo, subitamente livre daquele esplendor sem objetivo.

– O que ele quer saber – continuou Jordan – é se você está disposto a convidar Daisy para vir à sua casa e permitir que ele também compareça.

A modéstia do pedido me abalou. Ele tinha esperado durante cinco anos e adquirido uma mansão em que distribuía a luz das estrelas para mariposas casuais somente para ter a oportunidade de "também comparecer" ao jardim de um estranho em uma tarde qualquer.

– E eu precisava saber de tudo isso, antes que ele me pedisse uma coisa tão simples?

– Ele tem medo, já esperou durante tanto tempo. Pensou que você poderia se ofender. Você percebe, por baixo dessa fachada, ele é um sujeito simples, convencional.

Uma coisa me preocupava.

– E por que ele não pediu a *você* para arranjar um encontro?

– Ele quer que ela veja a casa dele – explicou ela. – E a sua casa fica bem ao lado.

– Ah, então é isso...

– Acho que ele tinha uma certa esperança de que ela aparecesse por acaso em uma de suas festas, em uma noite qualquer – prosseguiu Jordan. – Mas ela nunca apareceu. Então, ele começou a perguntar no meio das conversas, assim como quem não quer nada, se por acaso a conheciam, e eu fui a primeira pessoa que encontrou. Foi naquela noite em que ele mandou o mordomo me buscar, durante o baile; e você precisava ver a quantidade de rodeios que ele fez até chegar ao assunto. É claro que na mesma hora eu sugeri um almoço em Nova York, e pensei que ele tivesse enlouquecido. Repetiu várias vezes: "Não quero fazer nada que não seja correto! Quero encontrá-la como se fosse por acaso, naquela casa que fica ao lado da minha". Quando eu disse que você era amigo particular de Tom, ele quis abandonar a ideia. Ele não sabe muito a respeito de Tom, embora tenha me dito que assinou um jornal de Chicago durante anos na esperança de encontrar impresso o nome de Daisy.

A essa altura, já tinha escurecido e, quando passamos por baixo de uma pontezinha, coloquei meu braço ao redor dos ombros dourados de Jordan, puxei-a em minha direção e pedi que jantasse comigo. De repente, eu não estava mais pensando em Daisy e Gatsby, mas apenas nesta pessoa clara, dura e limitada, que distribuía ceticismo através do universo e que agora se reclinava com elegância dentro do círculo de meu braço. Uma frase começou a martelar nos meus ouvidos, provocando uma empolgação ponderada: "Há somente os perseguidos, os perseguidores, os ativos e os exaustos".

– E Daisy precisa de alguma coisa na vida – murmurou Jordan ao pé do meu ouvido.

– Ela quer se encontrar com Gatsby?

– Ela não deve saber de nada. Gatsby não quer que ela saiba. Quer apenas que você a convide para tomar chá em sua casa.

Atravessamos uma barreira de árvores escuras e então as fachadas da 59th Street, um quarteirão ainda iluminado por uma luz pálida e delicada, brilharam sorridentes sobre o parque. Ao contrário de Gatsby e de Tom Buchanan, eu não tinha assombrações que me acompanhavam pelas ruas escuras e flutuavam entre os luminosos de néon; assim, puxei a jovem que estava a meu lado, apertando-a em meus braços. Seu vago, desdenhoso sorriso dissipou-se. E eu a puxei para ainda mais perto do meu rosto.

Capítulo Quinto

Quando cheguei à minha casa em West Egg naquela noite, por um momento me assustei, pensando que o prédio tinha pegado fogo. Eram duas da manhã e todo aquele canto da península fulgurava de luz, que caía de forma irreal sobre os arbustos e provocava reflexos finos e alongados nos arames das cercas que margeavam a estrada. Dobrei uma curva e percebi que era a casa de Gatsby, iluminada da torre à adega.

A princípio, pensei que fosse mais uma festa, uma ruidosa comemoração que se transformara em um ameno jogo de salão, como "esconde-esconde" ou outra brincadeira qualquer, com a casa inteira aberta para o tal jogo. Mas não se ouvia nenhum som. Somente o vento assobiando nas árvores, que sacudia os fios e a intervalos recobria as lâmpadas com os galhos, dando a impressão de que as luzes se acendiam e se apagavam sem parar, como se a própria casa sumisse e reaparecesse na escuridão. Enquanto meu táxi resmungava e desaparecia ao longe, vi Gatsby caminhando pelo gramado em minha direção.

– Sua casa parece a Feira Mundial de Nova York – ironizei.

– Você acha? – respondeu ele, voltando o olhar para a mansão de uma maneira um tanto distraída. – Estive dando uma vistoriada nas peças.... Vamos até Coney Island, meu velho. Vamos no meu carro.

– Já está muito tarde.

– Bem, quem sabe então damos um mergulho na piscina? Não entrei nela nem uma vez durante o verão inteiro.

– Está na hora de ir para a cama.

– Tudo bem, então.

Ele aguardou, escondendo a ansiedade enquanto me olhava.

– Conversei com Miss Baker – disse eu, passado um momento. – Vou telefonar para Daisy amanhã e combinar com ela para tomarmos chá aqui em casa.

– Se não for incômodo – disse ele, como se fosse uma coisa sem importância. – Não quero lhe causar nenhum transtorno.

– Qual dia fica bem para você?

– Qual dia é melhor *para você* – corrigiu ele às pressas. – Já lhe disse que não quero lhe causar o menor incômodo.

– Quem sabe depois de amanhã?

Ele considerou por um momento. Depois falou com relutância:

– Primeiro, quero mandar cortar a grama.

Olhamos os dois para o gramado. Havia uma nítida divisão entre o lugar em que terminava meu capinzal e começava a extensão mais escura e muito mais bem-cuidada de seu gramado. Suspeitei que ele pretendia mandar cortar *a minha grama*.

– Há mais uma coisinha – disse ele, um tanto incerto; fez uma pausa antes de continuar.

– Você prefere adiar para daqui a uns dias? – perguntei.

– Ah, não, não é isso. Quer dizer... – ele parecia encabulado, atrapalhando-se, tentando começar uma frase e depois outra. – Bem, eu pensei... Ora, escute aqui, meu velho, você não ganha muito, ganha?

– Não, não ganho muito.

Minha resposta pareceu deixá-lo mais seguro de si e ele prosseguiu, agora com maior confiança:

– Pois é, eu pensei que não, desculpe-me por me meter... Quer dizer, tenho alguns pequenos negócios colaterais, uma espécie de empresa secundária, você sabe como é. E eu pensei que, já que você não está ganhando muito... Você está vendendo ações, não está, meu velho?

– Pelo menos, estou tentando.

– Bem, acho que isto vai interessá-lo. Não vai tomar muito do seu tempo, mas você pode conseguir um bom dinheiro. O único problema é que se trata de uma coisa bastante confidencial.

Percebo agora que, sob diferentes circunstâncias, esta conversa poderia ter levado a uma grande transformação em minha vida. Porém, uma vez que aquela oferta era uma tentativa desajeitada de me recompensar por um serviço a ser prestado, não tive escolha senão cortar o assunto na mesma hora.

– Não tenho tempo para mais nada – falei. – Agradeço-lhe muito, mas não dá para pegar um trabalho extra.

– Você não precisaria trabalhar com Wolfsheim – garantiu-me.

Sem dúvida, ele pensava que eu estava me esquivando da "gonegsão" mencionada à hora do almoço. Mas garanti-lhe que a questão não era essa. Ele aguardou por mais um momento, esperando que eu puxasse algum assunto e prolongasse a conversa, porém descobriu que eu estava distraído demais e sem disposição para novos assuntos e assim, contra a própria vontade, ele foi embora.

A noite me havia deixado feliz e com a cabeça leve; acho que caí em um sono profundo no momento em que cruzei a porta da frente. Assim, não sei se Gatsby foi ou não a Coney Island ou por quantas horas mais ficou "dando uma vistoriada nas peças" enquanto a casa fulgurava em alegria. Telefonei para Daisy na manhã seguinte, convidando-a para ir até minha casa a fim de tomar chá comigo.

– Mas não traga o Tom – avisei.

– O quê?

– Não traga o Tom.

– Quem é "Tom"? – perguntou ela, com um ar de inocência.

No dia em que combinamos de nos encontrar, chovia a cântaros. Às onze horas, um homem vestindo uma capa de chuva e arrastando um cortador de grama bateu à minha porta e disse que o sr. Gatsby o havia enviado para cortar o capim de meu pátio. Isto me fez lembrar que eu havia esquecido de dizer à minha finlandesa que viesse trabalhar nesse dia e, assim, peguei o carro e fui até a aldeia de West Egg a fim de procurá-la através de ruelas estreitas e enlameadas e cercadas de casinhas caiadas de branco e também para comprar umas xícaras, limões e flores.

As flores acabaram sendo desnecessárias, porque às duas horas uma estufa inteira chegou da casa de Gatsby, juntamente com inumeráveis vasos para acomodá-las. Uma hora mais tarde, a porta da frente foi empurrada com nervosismo e Gatsby entrou apressado, vestindo um terno de flanela branca e uma gravata dourada. Estava pálido e tinha olheiras profundas sob os olhos, sinalizando uma noite em que praticamente não dormira.

– Está tudo bem? – perguntou imediatamente.

– O gramado está com ótimo aspecto, se é a isso que se refere.

– Que gramado? – perguntou, sem entender. – Ah, a grama do jardim!

Ele olhou para fora através das vidraças, mas a julgar por sua expressão acho que não enxergou nada.

– Parece estar muito bem – observou de maneira vaga. – Um dos jornais informou que a chuva deve parar lá pelas quatro. Acho que li no *The Journal.* Você tem tudo que precisa para... para o chá?

Levei-o até a despensa e vi que observava minha finlandesa com um ar de reprovação. Examinamos juntos os doze bolinhos de limão vindos da confeitaria.

– Acha suficiente?

– Claro, claro! Estão ótimos – respondeu, acrescentando depois, em um tom meio desanimado: – ...meu velho.

O tempo esfriou, e por volta das três e meia a chuva transformou-se em um nevoeiro úmido através do qual algumas gotas pingavam como orvalho. Gatsby folheava com olhar vazio um exemplar do livro *Economia*, de Clay, estremecendo ao ouvir os firmes passos da finlandesa, que sacudiam o assoalho da cozinha, e olhando de tempos em tempos através das janelas salpicadas de pingos de chuva, como se uma série de acontecimentos invisíveis mas preocupantes estivesse ocorrendo lá fora. Por fim, ele se levantou e informou-me em voz incerta que ia para casa.

– Mas por quê?

– Ninguém vai vir para o chá. Já é tarde demais! – afirmou, olhando para seu relógio como se tivesse um compromisso urgente em outro lugar. – Não posso esperar o dia todo.

– Não seja bobo. Ainda faltam dois minutos para as quatro.

Ele sentou-se de novo, dando a impressão de que estava muito contrariado, como se eu o tivesse empurrado de volta para a poltrona; e quase ao mesmo tempo ouvimos o som de um motor entrando no meu jardim. De um salto nos pusemos de pé e, bastante nervoso, desci às pressas até o gramado.

Por sob as árvores nuas e gotejantes, um grande automóvel estava subindo a estradinha. Parou. O rosto de Daisy, voltado um pouco para o lado sob um grande chapéu de três bicos em feltro cor de lavanda, contemplou-me com um sorriso brilhante e extasiado.

– É aqui mesmo que você mora, meu queridíssimo?

As oscilações empolgantes de sua voz eram como um tônico estimulante na chuva. Por um momento fugaz, senti-me obrigado a esquecer todo o resto e apenas me deixar prender por aquele som, enquanto subia e descia, soando apenas em meus ouvidos, antes que pudesse compreender qualquer palavra. Uma mecha úmida de cabelo escorria como uma pincelada de tinta azul por cima de seu rosto, e sua mão estava repleta de gotas brilhantes quando eu a segurei para ajudá-la a descer do carro.

– Você está apaixonado por mim? – disse ela, baixinho, junto ao meu ouvido. – Ou, então, por que motivo me convidou para vir sozinha?

– Este é o segredo do Castelo Rackrent[17]. Diga a seu chofer para dar umas voltas com o carro durante uma hora.

– Venha me buscar daqui a uma hora, Ferdie – ordenou. Depois, sussurrou-me: – O nome dele é Ferdie.

– A gasolina faz mal ao nariz dele?

– Acho que não – disse ela, com ar inocente. – Por que pergunta?

Entramos. Para minha absoluta surpresa, a sala estava deserta.

– Ora, que coisa mais engraçada!... – exclamei.

– O que é engraçado?

Nesse momento, ela voltou a cabeça ao escutar uma pequena batida cheia de dignidade na porta da frente. Fui abrir. Gatsby, pálido como a morte, com as mãos enfiadas como chumbo nos bolsos de seu casaco, estava de pé em uma poça d'água, lançando um olhar trágico em minha direção.

Ainda com as mãos enfiadas nos bolsos do casaco, passou por mim, entrou no alpendre, fez uma curva fechada como se fosse uma marionete presa em arames e desapareceu na sala de visitas. Não foi nem um pouco engraçado. Consciente de que meu próprio coração estava batendo furiosamente, fechei a porta contra as rajadas de chuva, que estavam ficando mais fortes.

---

17. Alusão ao romance *O Castelo Rackrent*, em que a escritora inglesa Maria Edgeworth (1767-1849) descreve as condições da vida rural irlandesa. (N.T.)

Por meio minuto, não se escutou sequer um som. Então, ouvi uma espécie de murmúrio engasgado proveniente da sala de visitas; e um riso entrecortado, seguido pela voz de Daisy em um tom claramente artificial:

– Certamente tenho um imenso prazer em vê-lo de novo.

Uma pausa, que se prolongou durante um intervalo terrível. Eu não tinha nada para fazer no alpendre, de modo que voltei para a sala.

Gatsby, ainda com as mãos nos bolsos, estava inclinado contra o tampo da lareira em uma simulação tensa da mais perfeita tranquilidade, sugerindo até mesmo um certo tédio. Sua cabeça inclinava-se tanto para trás que se encostava ao mostrador de um velho relógio de lareira cujo mecanismo já havia parado de funcionar há muito tempo; e, nesta posição, seus olhos angustiados contemplavam Daisy, que estava sentada, assustada mas graciosa, bem na beirada de uma cadeira de assento duro.

– Já nos encontramos antes – murmurou Gatsby entre dentes. Seus olhos resvalaram por um momento em minha direção e seus lábios se separaram na tentativa abortada de um sorrriso. Por sorte, o relógio escolheu este momento para inclinar-se perigosamente sob a pressão de sua cabeça, e ele segurou-o com dedos trêmulos, a fim de colocá-lo novamente no lugar. Depois, sentou-se rígido, com o cotovelo no braço do sofá, segurando o queixo na palma da mão.

– Desculpe-me pelo relógio – falou.

A essa altura, meu próprio rosto estava tão corado como se tivesse adquirido um profundo bronzeado tropical. Não consegui articular um único lugar-comum dentre os milhares que tinha na minha cabeça.

– É um relógio velho – informei-lhes, como um perfeito idiota.

Acho que, por um momento, todos nós estávamos reagindo como se o relógio tivesse caído no chão e se desmanchado em mil pedaços.

– Há muitos anos que não nos encontramos – disse Daisy, com a voz tão casual quanto possível.

– Serão cinco anos novembro que vem.

O tom automático da resposta de Gatsby fez com que ficássemos em silêncio, constrangidos, pelo menos por outro minuto. Depois, propus que ambos se levantassem, com a sugestão desesperada de que poderiam me ajudar a preparar o chá na cozinha... Mas, nesse mesmo instante, a demoníaca finlandesa entrou na sala com uma bandeja completa.

A confusão de xícaras e bolinhos foi bem recebida. Gatsby refugiou-se na parte mais escura da sala e, enquanto Daisy e eu conversávamos, alternava o olhar educadamente de um para o outro, com olhos tensos e infelizes. Todavia, uma vez que nosso objetivo não era desfrutar de alguns momentos de calma, desculpei-me na primeira oportunidade e me levantei.

– Onde é que você vai? – quis saber Gatsby, completamente alarmado.

– Eu já volto.

– Tenho uma coisa para lhe falar, antes que saia.

Ele me seguiu desesperado até a cozinha, fechou a porta e suspirou miseravelmente:

– Ai, meu Deus!

– Mas o que é que há?

– Cometi um erro terrível – disse ele, sacudindo a cabeça de um lado para o outro. – Isto tudo é um engano terrível, terrível mesmo.

– Você só está encabulado, rapaz.... Está com vergonha, nada mais do que isso – expliquei. E tive a sorte de acrescentar: – Daisy também está encabulada.

– Ela está encabulada? – repetiu ele, com incredulidade.

– Tanto quanto você.

– Não fale tão alto.

– Você está se portando como um garotinho – interrompi, impaciente. – E tem mais: está sendo grosseiro. Deixou Daisy sentada lá sozinha.

Ele levantou a mão, como se quisesse interromper minhas palavras, olhou-me com profunda censura e depois abriu a porta com cuidado e voltou para a sala.

Saí pela porta dos fundos, do mesmo jeito que Gatsby havia feito quando executou a nervosa circum-navegação da casa meia hora antes, e corri em direção a uma imensa árvore de tronco negro e nodoso, cuja densa copa formava uma espécie de abrigo contra a chuva. Estava novamente chovendo a cântaros e meu gramado irregular, cheio de altos e baixos, depois de ter sido perfeitamente podado pelo jardineiro de Gatsby, estava cheio de pequenas poças enlameadas e pântanos pré-históricos. Embaixo da árvore, eu não tinha nada para fazer, exceto olhar para a enorme mansão de Gatsby; e assim, por meia hora, fiquei de olhos grudados nela, do mesmo modo que Kant[18] contemplara a torre da igreja. Um fabricante de cerveja tinha construído a mansão no princípio da década anterior, quando a moda era copiar as casas de "períodos" arquitetônicos. Corria uma história que ele tinha prometido pagar os impostos de todas as casas ao redor durante cinco anos se os proprietários concordassem em trocar os telhados por tetos recobertos de palha. Talvez a recusa dos vizinhos tenha lhe desestimulado no projeto de iniciar uma sólida dinastia familiar naquele local elegante. O fato é que, a partir dessa época, seus negócios entraram em decadência. Seus filhos venderam a mansão ainda com uma coroa funerária negra pendurada na porta de entrada. Os americanos,

---

18. Immanuel Kant (1724-1804), filósofo alemão, crítico e ensaísta filiado ao idealismo, considerava que todas as coisas visíveis ou sensíveis são fenômenos, isto é, aspectos temporários e ilusórios da realidade, enquanto as coisas em si, os nômenos, são irreconhecíveis e incognoscíveis. Excetuava a liberdade, a imortalidade e a existência de Deus, que considerava pressupostas pela lei moral. (N.T.)

embora dispostos e até ansiosos por servirem a alguém, sempre se obstinaram contra a possibilidade de serem considerados camponeses.

Depois de meia hora, o sol voltou a brilhar e o automóvel da mercearia fez a volta pela entrada da casa de Gatsby com a matéria-prima para o jantar de seus empregados... Eu tinha certeza de que, nessa noite, ele não seria capaz de comer uma única garfada. Uma criada começou a abrir as janelas do andar superior da casa, apareceu por um momento em cada uma delas e, inclinando-se no peitoril da sacada da grande janela central, cuspiu filosoficamente no jardim. Estava na hora de voltar. A chuva voltara, e seu ruído assemelhava-se ao murmúrio das vozes que vinham de dentro da casa, erguendo-se e distendendo-se de vez em quando no ritmo e no tom da emoção. Porém, de repente fui envolvido por um grande silêncio, que se espalhou também pela casa. Entrei, depois de fazer todos os ruídos possíveis dentro da cozinha, exceto derrubar o fogão. Mas acredito que eles tenham ouvido alguma coisa. Estavam sentados, um em cada ponta do sofá, olhando-se diretamente nos olhos, como se alguma pergunta tivesse sido feita e pairasse no ar, ao mesmo tempo em que todos os sinais de constrangimento haviam desaparecido. O rosto de Daisy estava coberto de lágrimas e, quando entrei, ela levantou-se de um salto e pôs-se a enxugá-lo com um lenço diante do espelho. Mas havia uma mudança simplesmente espantosa em Gatsby. Seu rosto parecia brilhar; sem que emitisse uma palavra ou manifestasse o menor sinal de euforia, um novo bem-estar irradiava dele e tomava conta da pequena sala.

– Ah, alô, meu velho camarada! – disse ele, como se não me visse há anos. Por um momento, tive a impressão de que viria apertar-me a mão.

– Parou de chover.

– Ah, parou?

Quando percebeu sobre o que eu estava falando, observando pequenos reflexos de luz que se espalhavam pelos cantos da sala, sorriu como se fosse um meteorologista – como se fosse o responsável pelo retorno da luz do sol... – e repetiu a notícia para Daisy:

– O que é que você acha disto? Parou de chover!

– Fico contente, Jay.

Mas a garganta dela, cheia de uma beleza dolorosa e trágica, falava da alegria inesperada que estava sentindo.

– Quero que você e Daisy venham até minha casa – disse ele. – Gostaria de mostrar tudo a ela.

– Tem certeza de que quer que eu vá junto?

– Com certeza, meu velho.

Daisy subiu a escada para lavar o rosto. Tarde demais – pensei com humilhação no estado de minhas toalhas. Gatsby e eu ficamos esperando no jardim.

– Minha casa tem um bom aspecto, não tem? – quis saber. – Veja como a fachada inteira reflete a luz.

Concordei que era esplêndida.

– Sim – reafirmou ele, seus olhos percorrendo todos os detalhes, cada porta recoberta por arcos e cada torre quadrada. – Levei exatos três anos para ganhar o dinheiro necessário para comprá-la.

– Pensei que você tivesse herdado seu dinheiro.

– Herdei, meu velho – respondeu ele automaticamente. – Mas perdi a maior parte no grande pânico financeiro... você sabe, o pânico provocado pela guerra.

Acho que ele nem sabia bem o que estava dizendo, porque quando perguntei em que ramo de negócios trabalhava, ele respondeu:

– Isso é problema meu...

Interrompeu-se, confuso, ao perceber que a resposta estava longe de ser apropriada à ocasião.

– Ora, já trabalhei em muitas coisas – corrigiu-se. – Trabalhei na indústria farmacêutica e depois na petroleira. Mas agora já saí desses dois ramos.

Observou-me com maior atenção:

– Quer dizer que você esteve pensando na proposta que lhe fiz naquela noite?

Antes que eu pudesse responder, Daisy saiu da casa, e as duas fileiras de botões de bronze que enfeitavam seu vestido reluziram à luz do sol.

– Sua casa é aquela *coisa imensa*? – gritou ela, apontando.

– Gostou?

– Adorei, mas não sei como você consegue morar lá, sozinho.

– Mantenho a casa sempre cheia de gente interessante, noite e dia. Pessoas que fazem coisas interessantes. Gente famosa.

Em vez de tomar o atalho ao longo do Estreito, descemos até a estrada e passamos pelo grande portão dos fundos. Com murmúrios que expressavam seu encantamento, Daisy admirou este e aquele aspecto da silhueta feudal recortada contra o céu e aprovou os jardins, o cheiro vivaz e cintilante dos junquilhos e o perfume inebriante dos espinheiros e das ameixeiras em flor e o cheiro remanescente de ouro pálido das trepadeiras de amor-agarradinho. Era estranho chegar às escadarias de mármore sem encontrar o turbilhão de vestidos brilhantes entrando e saindo pela porta, sem escutar outro som que o gorjeio dos passarinhos nas árvores.

E lá dentro, enquanto vagávamos através de salões de música decorados ao estilo de Maria Antonieta e salões de recepção do período da Restauração, eu tinha a sensação de ver convidados ocultos por trás de cada tapeçaria, agachados atrás dos sofás ou escondidos embaixo das mesas, sob ordens expressas de prender a respiração e manter silêncio absoluto até que tivéssemos passado. Quando Gatsby fechou a porta da "Merton College Library", eu poderia jurar ter escutado aquele homem de olhos de coruja soltando uma gargalhada espectral.

Subimos ao andar superior, passando por quartos de dormir decorados segundo diversos "períodos", recobertos de seda rosa e lavanda e vasos cheios de flores recém-colhidas; atravessamos uma profusão de quartos de vestir, salões de bilhar, quartos de banho com banheiras embutidas no piso... Até mesmo entramos em um quarto no qual um homem despenteado e ainda usando pijama estava fazendo exercícios abdominais no assoalho. Era o sr. Klipspringer, o "hóspede". Eu o vira, naquela manhã, caminhando pela praia com um ar mal-humorado. Enfim chegamos aos aposentos ocupados pelo próprio Gatsby, um quarto com banheiro e um escritório em estilo Adam[19], onde nos sentamos para tomar um cálice de Chartreuse de uma garrafa retirada de um guarda-louça que havia sido colocado em uma das paredes.

Nem por um só momento ele tirou os olhos de Daisy, e acho que estava reavaliando tudo que havia em sua casa de acordo com a reação que provocava aos olhos de sua bem-amada. Algumas vezes, também, passava os olhos sobre seus pertences, parecendo meio tonto, como se, diante de sua presença espantosa e real, nada daquilo fosse verdadeiro. Chegou a tal ponto seu devaneio que quase despencou por uma escadaria.

Seu quarto de dormir era a peça mais simples da casa, salvo pelo toucador, que era adornado por um conjunto de toalete de ouro puro. Daisy segurou encantada uma escova e usou-a para pentear os próprios cabelos, o que fez com que Gatsby sentasse, cobrisse os olhos com as mãos e começasse a rir.

– É a coisa mais engraçada, meu velho – disse ele, sem conseguir interromper o riso. – Eu não posso... Quando eu tento...

---

19. Estilo inspirado na antiguidade clássica, criado pelo arquiteto e decorador escocês Robert Adam (1728-1792), com a colaboração de seu irmão James (1730-1794). (N.T.)

Ele já tinha passado por dois estados de ânimo e estava agora entrando no terceiro. Depois do constrangimento inicial e do júbilo posterior, ele estava agora simplesmente maravilhado diante dela. Alimentara aquela ideia durante tanto tempo, havia sonhado tantas vezes com aquele momento e com tal intensidade que, ao vê-lo concretizado, tomou-se de ansiedade inconcebível. A sua reação era a de um relógio que se rompe ao receber corda demais.

Passado um instante, ele recuperou o equilíbrio e abriu dois enormes guarda-roupas de madeira de lei, que revelaram filas de ternos, roupões e gravatas, além de camisas, amontoadas como tijolos em pilhas de uma dúzia cada.

– Contratei um homem na Inglaterra para comprar minhas roupas. Ele me envia uma seleção das coisas que estão na moda no começo de cada temporada, na primavera e no outono.

Pegou uma das pilhas de camisas e começou a atirá-las diante de nós, uma a uma; camisas de linho puro, camisas de seda grossa, camisas de flanela fina, que perdiam as dobras enquanto caíam e cobriam a mesa em uma confusão de cores. Enquanto admirávamos o espetáculo ele trazia outras, e a pilha rica e macia crescia cada vez mais – camisas listradas, camisas com arabescos, camisas xadrezes, em tons de coral, maçã verde, lavanda, laranja pálido e monogramas cor de anil. De repente ouviu-se um soluço, e Daisy deitou a cabeça sobre as camisas e começou a chorar convulsivamente.

– São camisas tão bonitas – soluçava ela, sua voz abafada pelas dobras espessas. – Elas me deixam tão triste porque nunca vi... nunca vi camisas tão bonitas antes.

Depois de percorrer a casa, deveríamos olhar a piscina e os jardins, além do hidroavião e das flores que vicejavam no meio do verão – mas, pelas janelas, percebemos que estava começando a chover de novo, de modo que ficamos parados contemplando a superfície enrugada do Estreito.

– Se não houvesse nevoeiro, poderíamos ver sua casa do outro lado da baía – disse Gatsby. – Você sempre deixa uma luz verde, que permanece acesa a noite toda na extremidade do ancoradouro.

De repente, Daisy passou o braço ao redor do de Gatsby, mas ele parecia absorto nas palavras que acabara de dizer. Talvez estivesse pensando que o significado colossal daquela luz verde tinha agora se perdido para sempre. Comparada com a enorme distância que o separava de Daisy, a lâmpada parecia muito próxima a ela, quase como se a tocasse. Tinha lhe parecido tão próxima como uma estrela brilhando perto da lua. Agora, era de novo apenas uma luz verde na ponta de um ancoradouro. Era um objeto encantado a menos na sua vida.

Comecei a andar pela sala, examinando diversos objetos indefinidos na penumbra. Uma grande fotografia atraiu minha atenção. Era o retrato de um homem idoso, trajando roupas próprias para passeios de iate, e estava pendurada na parede acima de sua escrivaninha.

– Quem é este?

– Esse aí? É o sr. Dan Cody, meu velho.

O nome me soava vagamente familiar.

– Ele já morreu. Mas anos atrás era o meu melhor amigo.

Havia uma pequena fotografia de Gatsby, também em roupas de iatista, colocado num porta-retratos sobre o tampo da secretária... Gatsby com a cabeça jogada em um gesto desafiador para trás, uma fotografia que, aparentemente, tinha sido tirada quando ele tinha mais ou menos dezoito anos.

– Adoro isso – exclamou Daisy. – Esse topete. Você nunca me contou que tinha usado topete... nem que tinha um iate.

– Olhe para isto – disse Gatsby, depressa. – São recortes de jornais e revistas... Todos sobre você.

Eles ficaram parados lado a lado, examinando a coleção. Eu já estava pensando em pedir para ver os rubis quando o telefone tocou e Gatsby atendeu.

– Sim... Bem, não posso conversar com você agora... Não dá, estou ocupado, não posso conversar agora, meu velho... Eu falei em uma cidade *pequena*... Ele deve saber o que é uma cidade *pequena*... Bem, ele não vai nos servir para nada, se é que pensa que Detroit é pequena...

Ele desligou.

– Vem cá, *depressa*! – gritou Daisy da janela.

Continuava chovendo, mas o céu se abrira no lado oeste e havia um movimento de nuvens macias como espuma sobre o mar e tingidas de ouro e rosa.

– Olhe só aquilo – murmurou ela, prosseguindo depois de um momento. – Eu gostaria de pegar uma dessas nuvens cor-de-rosa, colocá-lo dentro dela e empurrá-lo para onde eu quisesse.

Depois dessa tentei ir embora. Eles não deixaram – talvez a minha presença fizesse com que se sentissem mais confortáveis na solidão.

– Eu sei o que vamos fazer – disse Gatsby. – Vamos mandar Klipspringer tocar piano.

Saiu às pressas do escritório, gritando "Ewing!", e voltou em alguns minutos, acompanhado de um jovem encabulado e com uma aparência levemente cansada ostentando óculos de aro de tartaruga e cabelos louros e ralos. Era o mesmo indivíduo de antes, só que agora trajado com roupas decentes, usando uma camisa esporte aberta no pescoço, tênis e calças de algodão em uma tonalidade indefinida.

– Interrompemos seus exercícios? – indagou Daisy, polidamente.

– Eu estava dormindo – disse o sr. Klipspringer, demonstrando grande embaraço. – Quer dizer, eu *estava* dormindo. Então, me levantei...

– Klipspringer toca piano – disse Gatsby, interrompendo suas explicações. – Não é verdade, Ewing, meu velho?

– Ah, não toco muito bem. Eu não... mal consigo juntar umas notas. E depois, estou tão sem práti...

– Vamos descer – interrompeu novamente Gatsby. Ele apertou um botão e as janelas cinzentas desapareceram enquanto a casa refulgia, cheia de luz.

Na sala de música, Gatsby ligou uma única lâmpada ao lado do piano. Acendeu um cigarro para Daisy com um fósforo trêmulo e sentou-se com ela em um sofá do outro lado da peça, iluminado apenas pelo reflexo da luz dos lustres no assoalho encerado.

Depois que Klipspringer tocou *The Love Nest,* girou no banco do piano e, com um ar infeliz, procurou Gatsby na penumbra:

– Estou muito fora de forma, você sabe. Eu lhe disse que não dava para tocar. Estou completamente sem prá...

– Pare de falar tanto, meu velho – ordenou Gatsby. – Toque!

De manhã
E de noite,
Como nós nos divertimos...

O vento soprava forte ao redor da casa e escutava – se um trovejar distante ao longo do Estreito. Todas as luzes estavam acesas em West Egg a esta altura; os trens elétricos, carregados de homens vindos de Nova York, precipitavam-se através da chuva para o conforto das casas. Era um momento de profunda mudança nas pessoas e havia algo de excitante no ar.

Uma coisa é verdade e jamais sai dos trilhos:
Os ricos ganham dinheiro e os pobres ganham filhos.
Enquanto isso,
No meio disso...

Quando me aproximei deles para me despedir, percebi que a expressão de assombro tinha retornado ao rosto de Gatsby, como se uma leve dúvida tivesse surgido em sua mente, questionando aquele momento de felicidade. Quase cinco anos! Devia ter havido momentos, mesmo naquela tarde, em que Daisy não correspondera totalmente a seus sonhos... Não por culpa dela, mas devido à colossal vitalidade da ilusão que ele alimentara. Uma idealização que havia crescido e se tornado maior do que ela, maior do que qualquer coisa no universo. Ele se lançara dentro do sonho com paixão criadora, acrescentando detalhes todo o tempo, decorando-o com cada pluma brilhante que passava em seu caminho. Não há intensidade de ardor ou de euforia que possa desafiar aquilo que um ser humano é capaz de armazenar em seu fantasmagórico coração.

No momento em que percebeu que eu o estava observando, ele visivelmente se recompôs. Sua mão moveu-se e segurou a dela e, quando ela disse alguma coisa bem baixinho em seu ouvido, voltou-se para ela em um assomo de emoção. Acho que era essa voz o que mais o prendia, com sua calidez flutuante e febril, porque não era uma coisa que pudesse ser exagerada pela fantasia dos sonhos... Aquela voz era uma canção imortal.

Eles já estavam completamente esquecidos de mim, mas Daisy me fitou e estendeu a mão. Gatsby simplesmente não tomou conhecimento da minha presença. Olhei ainda outra vez para eles, enquanto eles também me olhavam, com a expressão mais distante, possuídos pela intensidade da vida. Então saí da sala, desci pela escadaria de mármore e voltei para enfrentar a chuva, deixando os dois a sós.

Capítulo Sexto

Foi mais ou menos nesta época que um repórter jovem e ambicioso de Nova York bateu certa manhã à porta de Gatsby e perguntou-lhe se ele tinha alguma coisa a declarar.

– Alguma coisa a declarar sobre o quê? – indagou Gatsby, delicadamente.

– Ora... Qualquer declaração que queira fazer.

Depois de uma confusão que durou mais ou menos cinco minutos, soube-se que o homem tinha escutado o nome de Gatsby na redação do jornal ligado a alguma coisa que ele não queria revelar ou que não compreendera bem. Este era seu dia de folga e, com louvável iniciativa, ele tinha corrido à fonte "para verificar".

Era um tiro no escuro e, no entanto, o instinto do repórter estava correto. A notoriedade de Gatsby, espalhada pelas centenas de pessoas que tinham usufruído da sua hospitalidade e deste modo se tornado autoridades sobre seu passado, vinha aumentando ao longo de todo o verão, até faltar muito pouco para transformar-se em notícia. Algumas lendas que corriam na época, como a de "um oleoduto subterrâneo até o Canadá", foram de imediato ligadas a ele, e havia um rumor persistente dando conta de que não morava numa casa, mas sim em um barco que parecia uma casa e estava ancorado em sua propriedade, e movia-se discretamente ao longo das praias de Long Island. E por que motivo estas invenções podiam ser uma fonte de satisfação para James Gatz, de North Dakota, não é fácil de explicar.

James Gatz – esse era realmente, ou pelo menos legalmente, seu nome. Ele tinha trocado de nome aos dezessete anos e no momento exato em que havia testemunhado o início de sua carreira – quando viu o iate de Dan Cody baixar âncora na parte mais assoreada do Lago Superior, entre o Canadá e os Estados Unidos. Era James Gatz quem vagabundeava ao longo da praia naquela tarde, usando uma camiseta rasgada de jérsei verde e calças de brim, mas foi Jay Gatsby quem tomou um barco de pesca emprestado, tirou o *Tuolomee* de lá e informou a Cody que uma tempestade poderia tê-lo apanhado em meia hora e partido o iate em dois.

Suponho que ele já tivesse imaginado o nome e o conservado pronto para usar na ocasião oportuna, mesmo nessa época. Seus pais eram granjeiros sem sucesso, ineficientes e preguiçosos, e em sua imaginação nunca os tinha aceito como seus pais verdadeiros. A verdade era que Jay Gatsby, de West Egg, Long Island, havia se originado de sua concepção platônica de si mesmo. Ele era um filho de Deus (uma expressão que, se não significa nada, tem um significado literal) e tinha o dever de tratar dos negócios de Seu Pai, serviço de uma vasta, vulgar e espúria beleza. Assim, inventou exatamente o tipo de Jay Gatsby que um rapaz de dezessete anos provavelmente imaginaria e permaneceu fiel a esta concepção até o fim.

Já fazia mais de um ano que ele perambulava ao longo da margem meridional do Lago Superior, desenterrando mariscos na praia, pescando salmões ou fazendo qualquer outro biscate que lhe rendesse cama e comida. Seu corpo bronzeado e rijo desenvolveu-se naturalmente em meio às atividades ora duras, ora indolentes dos tempos de trabalhador braçal. Conheceu as mulheres muito cedo e, como elas o paparicavam, passou a tratá-las com desdém: as jovenzinhas virgens porque eram inexperientes, e as demais porque eram histéricas em suas atitudes com relação a coisas que, para ele, em sua profunda introspecção, eram as mais naturais do mundo.

Mas seu coração vivia em constante e turbulenta agitação. As vaidades mais grotescas e fantásticas o assombravam à noite em qualquer cama em que dormisse. Um universo de alegrias inefáveis tomava conta de seu cérebro enquanto o relógio barato tiquetaqueava na pequena prateleira acima da pia e a lua ensopava de luz úmida as roupas jogadas sobre o assoalho. A cada noite ele acrescentava alguma coisa às suas fantasias, até que o manto da sonolência descesse sobre alguma cena vívida, com o abraço do esquecimento. Por algum tempo, estes devaneios aliviaram as suas fantasias; consistiam em uma indicação satisfatória de que a realidade era irreal, em uma promessa de que a rocha sobre a qual fora construído o mundo estava firmemente alicerçada sobre as asas de uma fada.

O instinto que lhe fazia prever sua glória futura o havia conduzido, alguns meses antes, à pequena Universidade Luterana de Santo Olavo, no sul de Minnesota. Permaneceu lá por duas semanas, desapontado com a feroz indiferença manifestada por todos perante os tambores que anunciavam seu destino heroico, revoltado contra o próprio destino e desprezando o trabalho de porteiro que tinha conseguido a fim de pagar as mensalidades. Assim, retomou a estrada de volta ao Lago Superior e ainda estava procurando alguma coisa para fazer no dia em que o iate de Dan Cody lançou âncora nos baixios que ficavam ao longo da praia.

Nessa época, Cody já estava com cinquenta anos e era um produto das minas de prata de Nevada e das jazidas auríferas do Yukon, no Canadá, de todas as corridas por metais preciosos havidas desde 1875. Porém, foram as transações do cobre de Montana que o tornaram um multimilionário. E se a dureza das conquistas o deixou fisicamente robusto, por outro lado ficou com o miolo um tanto mole; sabendo disto, um número infinito de mulheres tentou tomar o seu dinheiro. As maquinações de bastante mau gosto através das quais Ella Kaye, a colunista social, se fez passar por Madame de Maintenon[20] e revelou suas fraquezas ao mundo levando-o a abandonar a sociedade e lançar-se ao mar em um iate. Este tipo de armação era comum no jornalismo sensacionalista de 1902. Ele já vinha navegando há cinco anos por aquelas praias, nas quais era recebido com hospitalidade interesseira e excessiva, quando tornou-se o agente inconsciente do destino de James Gatz, ao ancorar em um lugarejo chamado Little Girl Bay.

Para o jovem Gatz, que descansava sobre os remos e contemplava o gradil do tombadilho, aquele iate representava toda a beleza e o encanto do mundo. Suponho que tenha sorrido para Cody... provavelmente já havia descoberto que as pessoas gostavam mais dele quando sorria. Seja como for, Cody lhe fez uma série de perguntas (uma das quais produziu o nome recém-adotado) e descobriu que ele era tão rápido de raciocínio como extravagantemente ambicioso. Alguns dias depois, levou-o de barco até Duluth e comprou-lhe um casaco azul de iatista, seis pares de calças brancas de lona e um boné de oficial da marinha. E quando o *Tuolomee* partiu para as Índias Ocidentais e a Costa da Barbária, Gatsby partiu com ele.

Ele foi empregado como auxiliar pessoal de Cody, com atribuições bastante vagas. Enquanto permaneceu com ele exerceu as funções de comissário de bordo, imediato, piloto, secretário e até mesmo carcereiro, porque Dan Cody sóbrio sabia muito bem que coisas pródigas e absurdas poderiam ser executadas por Dan Cody embriagado; e, assim, evitava esses problemas confiando cada vez mais em Gatsby. O acordo entre eles durou cinco anos, durante os quais o barco deu três voltas ao redor do

---

20. Françoise d'Aubigné, marquesa de Maintenon (1635-1719), amante de Luiz XIV, famosa por suas cartas, em que narrava todos os mexericos e bisbilhotices da Corte. (N.T.)

continente europeu. Poderia ter durado indefinidamente, exceto pelo fato de que Ella Kaye veio a bordo, uma noite, em Boston. Uma semana depois, Dan Cody morreu de repente.

Lembro-me de seu retrato na parede do quarto de Gatsby, um homem grisalho e de rosto corado, com feições duras e de expressão vazia, a fisionomia típica do pioneiro debochado, que durante determinada fase da história americana trouxe de volta para a Costa Leste a violência selvagem dos bordéis e tavernas da fronteira. Deve-se indiretamente a Cody o fato de Gatsby beber tão pouco. Algumas vezes, no decorrer de festas especialmente alegres, mulheres esfregavam champanhe em seu cabelo, mas ele mesmo tinha o hábito de manter distância de bebidas.

E foi de Cody que ele herdou dinheiro – um legado de 25 mil dólares. Só que ele nunca recebeu. Na verdade, nunca conseguiu entender o estratagema legal que foi usado contra ele, mas o que restava dos milhões foi intacto para Ella Kaye. Ele ficou apenas com sua educação singularmente adequada: os contornos vagos do Jay Gatsby idealizado tinham sido preenchidos com a substância de um homem.

Tudo isto ele só me contou muito mais tarde, mas incluí nesse ponto da narrativa com a intenção de detonar todos aqueles rumores extravagantes que corriam a seu respeito e que não tinham o menor traço de verdade. Além do mais, ele me contou essa história toda em uma ocasião em que se achava muito confuso, em um período no qual eu estava pronto para ao mesmo tempo acreditar em tudo e em nada que se dizia a respeito dele. Assim, aproveito essa breve pausa, enquanto Gatsby, por assim dizer, recuperava o fôlego, para limpar o caminho de todas essas invencionices.

E também foi uma pausa em minha ligação com ele. Por várias semanas, nem o vi nem escutei sua voz ao telefone. A maior parte do tempo eu estava em Nova York, troteando para cima e para baixo com Jordan e tentando conquistar as graças de sua tia bondosa, porém senil. Mas, por fim, fui até a casa de Gatsby em uma tarde de domingo. Não fazia dois minutos que eu tinha chegado quando alguém trouxe Tom Buchanan para tomar um drinque. Fiquei assustado, é lógico, mas o que de fato surpreendia era que, até esse momento, não tivesse ocorrido esse encontro casual.

Era um grupo de três pessoas a cavalo: Tom, um homem chamado Sloane e uma linda mulher vestida com roupas de montaria marrons, que, por sinal, já havia me chamado a atenção antes em algumas das festas.

– É um grande prazer vê-los – disse Gatsby, parado no alpendre. – Fico muito contente que tenham passado por aqui.

Como se eles dessem a mínima para o que Gatsby sentia!

– Vamos sentando. Peguem um cigarro ou um charuto – disse ele, caminhando depressa ao redor da sala, enquanto puxava os cordões grossos das campainhas usadas para chamar os criados. – Daqui a um minuto servirei algumas bebidas para vocês.

Ele estava muito perturbado pelo fato de Tom estar ali. Mas ficaria um tanto inquieto de qualquer maneira até ter lhes oferecido alguma coisa, porque percebia de uma forma um tanto vaga que era apenas isso que queriam. O sr. Sloane não queria nada. Uma limonada? Não, obrigado. Um pouco de champanhe? Nada mesmo, obrigado... Desculpe-me.

– Fizeram uma cavalgada agradável?

– Os caminhos são muito bons por aqui.

– Imagino que os carros...

– Pois é...

Movido por um impulso irresistível, Gatsby voltou-se para Tom, que tinha aceitado a apresentação como se fosse um completo estranho.

— Acredito que já nos encontramos antes em algum lugar, sr. Buchanan.

— Ah, sim — concordou Tom, com educação e um tanto áspero, mas era óbvio que não se lembrava. — Pois é. Lembro-me muito bem...

— Cerca de duas semanas atrás.

— Ah, está certo! Você estava com Nick.

— Conheço sua esposa — continuou Gatsby, em tom quase agressivo.

— Ah, é?

Tom voltou-se para mim.

— Você mora perto daqui, Nick?

— Na casa ao lado.

— É mesmo?

O sr. Sloane não participava da conversa, mas recostou-se altivamente em sua poltrona. A mulher também não disse nada, até que, inesperadamente, depois de tomar dois drinques, demonstrou cordialidade.

— Todos nós viremos à sua próxima festa, sr. Gatsby — sugeriu. — Que é que o senhor acha?

— Ótimo! Será um prazer recebê-los.

— Será muito bom — concordou enfim o sr. Sloane, mas sem demonstrar nem um pouco de gratidão. — Bem... Acho que está na hora de voltarmos para casa.

— Por favor, não se apressem — insistiu Gatsby. Agora tinha recuperado o pleno controle de si mesmo e queria estudar Tom um pouco mais. — Por que vocês não...? Por que vocês não ficam para jantar? Não ficaria surpreso se algumas outras pessoas viessem de Nova York.

— Não, venham vocês jantar *comigo*! — disse a senhora, com entusiasmo. — Venham vocês dois até minha casa.

Acho que isso me incluía. O sr. Sloane ergueu-se.

— Vamos — disse ele, dirigindo-se somente a ela.

— Estou falando sério — insistiu ela. — Vou simplesmente *amar* receber vocês dois para jantar em minha casa. Tenho muito espaço.

Gatsby lançou-me um olhar inquisidor. Ele estava com vontade de ir e não percebia que o sr. Sloane havia determinado que ele não devia.

– É uma pena, mas acho que não posso hoje – disse eu.

– Bem, venha você então – insistiu ela, concentrando-se em Gatsby.

O sr. Sloane murmurou alguma coisa junto a seu ouvido.

– Nós não vamos nos atrasar, se sairmos agora – insistiu ela, em voz alta.

– Olhem, eu não tenho cavalo – disse Gatsby. – Costumava cavalgar no exército, mas nunca cheguei a comprar um cavalo. Terei de ir atrás de vocês em meu carro. Eu já volto.

Caminhamos até o alpendre, onde Sloane e a senhora iniciaram uma conversa particular e acalorada.

– Meu Deus, eu acho que o homem vem mesmo – disse Tom. – Será que ele não entende que ela realmente não quer que ele venha?

– Ela deixou bem claro que queria.

– Hoje ela está oferecendo um grande jantar e ele não conhece nenhum dos convidados – explicou ele, franzindo a testa. – Imagino onde o diabo do homem conheceu Daisy. Meu Deus, posso ter ideias um tanto conservadoras, mas realmente as mulheres têm excesso de liberdade hoje em dia. Liberdade demais para o meu gosto. Elas ficam conhecendo um monte de gente maluca.

De repente, o sr. Sloane e sua acompanhante desceram os degraus e montaram nos cavalos.

– Vamos – disse o sr. Sloane a Tom. – Já estamos atrasados. Temos de ir de uma vez.

Voltou-se para mim e disse:

– Faça-me o favor de dizer a ele que não pudemos esperar.

Tom e eu apertamos as mãos, os demais trocaram um gélido cumprimento de cabeça comigo e o grupo saiu troteando pela entrada de carros, desaparecendo entre a folhagem de agosto justamente no momento em que Gatsby saía pela porta dianteira, trazendo chapéu e um sobretudo leve no braço.

Tom estava sem dúvida perturbado pelo fato de que Daisy andava saindo sozinha porque, no sábado seguinte, veio com ela à festa de Gatsby. Talvez sua presença tenha criado um clima pesado no ar. Por esse motivo, ficou perfeitamente gravada em minha memória mais do que todas as outras festas que Gatsby deu naquele verão. Os convidados eram os mesmos, ou, pelo menos, a multidão era composta pelo mesmo tipo de pessoas. Havia a mesma profusão de champanhe, a mesma confusão colorida e diversidade de sons, mas eu percebia algo de desagradável no ar, um certo desconforto em todos os aspectos que nunca havia estado ali antes. Ou quem sabe eu simplesmente já tinha me acostumado àquilo, aceitava West Egg como um mundo fechado em si mesmo, com seus padrões e suas personalidades, um mundo diferente, mas não tinha consciência disso; e agora eu contemplava tudo através dos olhos de Daisy. E invariavelmente nos entristece contemplar com novos olhos qualquer coisa a que já estamos adaptados.

Eles chegaram ao crepúsculo, e enquanto caminhávamos por entre as centenas de trajes cintilantes a voz de Daisy sussurava em sua garganta.

– Essas coisas me empolgam *tanto* – murmurou. – Se você quiser me beijar em algum momento da noite, Nick, e só me pedir e eu terei prazer de encontrar um momento para você. Só fale o meu nome. Ou me apresente um cartão verde. Eu estou distribuindo cartões verdes para...

– Olhe ao redor – sugeriu Gatsby.

– Eu estou olhando ao redor. Estou me divertindo maravilhosamen...

– Você deve ver os rostos de uma porção de pessoas de quem já ouviu falar.

Os olhos arrogantes de Tom percorreram a multidão.

– Nós não saímos muito – disse ele. – De fato, eu estava justamente pensando que não conheço vivalma no meio dessa gente toda.

– Talvez você conheça aquela senhora – falou Gatsby, indicando uma linda orquídea humana que mal parecia uma mulher e estava assentada majestosamente sob uma ameixeira repleta de flores brancas. Tom e Daisy voltaram o olhar em sua direção, com aquele sentimento particularmente irreal que acompanha o reconhecimento de uma celebridade cinematográfica, imaginada até esse momento mais como um fantasma das telas do que uma pessoa de carne e osso.

– Ela é linda – disse Daisy.

– O homem debruçado por cima dela é seu diretor favorito.

Ele os conduziu cerimoniosamente de grupo em grupo.

– A sra. Buchanan... e o sr. Buchanan – apresentava e, após um minuto de hesitação, acrescentava: – O jogador de polo.

– Ah, não – objetava Tom, depressa. – Não sou ele.

Mas com certeza o som da expressão agradava a Gatsby, porque Tom permaneceu sendo "o jogador de polo" até o fim da noite.

– Nunca conheci tantas celebridades – exclamou Daisy. – Gostei daquele homem, como é o nome dele? Aquele que tem o nariz meio azulado.

Gatsby identificou-o, dizendo que era um produtor de cinema sem grande destaque.

– Bem, seja como for, gostei dele.

– Preferia que não me apresentasse mais como "o jogador de polo" – pediu Tom. – Preferia olhar para todas essas pessoas famosas sem... sem ser lembrado...

Daisy e Gatsby dançaram. Lembro-me de ter ficado surpreso pela maneira graciosa e conservadora como ele dançava o *fox-trot*. Na verdade, nunca o tinha visto dançar antes. Então eles saíram discretamente para minha casa e sentaram-se nos degraus do alpendre durante meia hora, enquanto, a pedido dela, eu permanecia montando guarda no jardim para o caso "de um incêndio ou de uma inundação", segundo ela explicou, "ou de qualquer outro desastre natural".

Tom aproximou-se, vindo das sombras em que desaparecera, quando nos sentávamos para cear juntos.

– Vocês se importam se eu me sentar para comer com umas pessoas lá adiante? – solicitou ele. – Tem um camarada contando umas histórias muito engraçadas.

– Fique à vontade – respondeu Daisy com alegria. – No caso de querer anotar alguns endereços, pode levar a minha pequena lapiseira de ouro...

Ela olhou ao redor por um momento, depois que ele saiu, e disse-me que a garota era "vulgar mas bonitinha" e, a partir desse momento, percebi que, exceto pela meia hora em que tinha estado sozinha com Gatsby, ela não estava se divertindo nem um pouco.

Estávamos sentados a uma mesa em que se acotovelava um grupo bastante embriagado. A culpa fora minha – Gatsby tinha sido chamado ao telefone, e eu escolhera aquela mesa pois as pessoas que ali estavam tinham me parecido muito agradáveis duas semanas antes. Mas agora, o que havia me divertido neles parecia exalar um mau cheiro.

– Como se está sentindo, Srta. Baedeker?

A garota a quem me dirigia estava tentando, sem muito sucesso, encostar-se em meu ombro. Ao ouvir a pergunta, endireitou-se na cadeira e abriu os olhos.

– O que foi?...

Uma mulher enorme e de aspecto letárgico, que estava insistindo com Daisy para jogarem golfe juntas no clube local em algum período da manhã seguinte, falou em defesa da Srta. Baedeker:

– Agora ela está bem, pobrezinha. Quando bebe cinco ou seis coquetéis, começa a gritar desse jeito. Sempre digo a ela que não deve beber.

– Eu não bebo – afirmou a acusada, em uma voz pouco clara.

– Nós escutamos você gritando e então eu disse ao Dr. Civet, que está aqui a meu lado: "Aquela pessoa está precisando de sua ajuda, doutor".

– Ela está muito agradecida, tenho certeza – acrescentou outro amigo, a ironia da voz desmentindo as palavras.
– O único problema é que vocês molharam todo o vestido dela quando lhe enfiaram a cabeça dentro da piscina.

– Se há uma coisa que eu odeio é que enfiem a minha cabeça dentro de piscinas – resmungou a Srta. Baedeker.
– Uma vez quase me afogaram em Nova Jersey.

– Então você não deve beber mais... – recomendou o Dr. Civet.

– Olha só quem está falando! – bradou a Srta. Baedeker. – Está sempre com as mãos tremendo. Eu não deixaria você me operar por nada deste mundo!

E a conversa continuou nesse tom. Uma das últimas coisas de que me lembro foi ter ficado ao lado de Daisy observando o diretor de cinema com sua estrela. Ainda estavam sob a ameixeira repleta de flores brancas e seus rostos se tocavam, salvo por um raio fino e pálido de luar que se interpunha entre eles. Ocorreu-me que ele tinha passado a noite inteira pondo em prática uma estratégia deliberada de inclinar-se lentamente em direção a ela até atingir esta proximidade; no exato momento em que eu olhava, preencheu a distância mínima que os separava e deu-lhe um beijo no rosto.

– Gosto dela – disse Daisy. – Acho-a *encantadora.*

Mas todo o resto ofendeu sua sensibilidade... sem dúvida porque, para ela, tudo aquilo não era uma realidade palpável, mas sim uma emoção. Ela estava horrorizada com West Egg, este "lugar" sem precedentes que a

Broadway tinha gerado em uma aldeia de pescadores de Long Island. Estava espantada pelo vigor selvagem, que ocultava os velhos eufemismos, e assustada pela intromissão exagerada do destino, que encurralava seus habitantes em um atalho que conduzia do nada para parte alguma. Ela percebia algo de terrível na própria simplicidade daquilo que não conseguia entender.

Sentei-me nos degraus da frente com eles, enquanto esperavam o carro. Estava escuro: somente a porta brilhante projetava três metros quadrados de luz que revoavam sobre a madrugada negra e silenciosa. Algumas vezes, uma sombra movia-se contra as venezianas de um quarto de vestir no andar superior, depois dava lugar a outra silhueta, uma procissão indefinida de projeções femininas, cujas donas passavam batom e rouge diante de espelhos invisíveis.

– Quem é este Gatsby? De onde ele saiu? – indagou Tom de maneira súbita e decidida. – É algum grande contrabandista de bebidas?

– Onde foi que escutou isso? – indaguei.

– Não ouvi em lugar nenhum. Essa eu imaginei. Uma porção desses novos-ricos são apenas grandes contrabandistas de bebidas, você sabe.

– Gatsby não é – disse eu, encerrando o assunto.

Ele permaneceu em silêncio por um momento. O cascalho da entrada rangeu sob seus pés.

– Bem, certamente ele deve ter feito um grande esforço para montar todo esse circo.

Uma brisa agitou o nevoeiro cinzento da gola de pele que Daisy estava usando.

– Pelo menos, eles são mais interessantes do que muitas pessoas que nós conhecemos – contrapôs ela com visível esforço.

– Você não parecia tão interessada assim.

– Pois estava.

Tom soltou uma gargalhada e voltou-se para mim.

— Você viu a cara de Daisy quando aquela garota lhe pediu que a colocasse embaixo de um chuveiro frio?

Daisy começou a cantar no compasso da música, em um murmúrio rouco e ritmado, conferindo a cada palavra um significado que nunca tinha tido antes e jamais teria outra vez. Quando a melodia ficou mais alta, sua voz ergueu-se também, doce, acompanhando a orquestra, daquela maneira que só conseguem os contraltos, e cada mudança derramava no ar um pouco de seu cálido e mágico calor humano.

— Aparece um monte de gente que não foi convidada — disse ela, de repente. — Tenho certeza de que aquela garota não foi convidada. Eles simplesmente vão entrando à força e ele é educado demais para protestar.

— Gostaria de saber quem ele é e o que faz — insistiu Tom. — E acho que vou fazer o que puder para descobrir.

— Posso dizer-lhe agora mesmo — respondeu ela. — Ele era dono de algumas drugstores[21], de um monte de drugstores. Ele mesmo construiu a cadeia inteira.

A limusine enfim surgiu com vagar pela entrada de carros.

— Boa noite, Nick — disse Daisy.

Seu olhar me deixou e buscou o patamar iluminado no alto das escadas, através de cuja porta soava *Three O'Clock in the Morning*, uma valsinha triste e delicada que fazia sucesso naquele ano. Afinal de contas, era a própria informalidade da festa de Gatsby que apresentava possibilidades românticas totalmente ausentes de seu mundo. O que existia naquela canção que parecia chamá-la de volta? O que aconteceria a seguir naquelas horas vagas e incalculáveis? Talvez chegasse algum convidado incrível, uma pessoa infinitamente rara diante de quem todos se maravilhariam, quem sabe alguma jovem ver-

---

21. Lojas tipicamente americanas, mistura de farmácia, sorveteria, confeitaria e varejo de artigos variados. O termo foi introduzido na literatura em 1810. (N.T.)

dadeiramente esplendorosa, que lançaria um olhar cheio de frescor a Gatsby e provocaria um momento de encontro mágico, que apagaria aqueles cinco anos de devoção inquebrantável.

Fiquei até tarde essa noite. Gatsby me pedira para esperar até que estivesse livre e fiquei descansando no jardim até que o inevitável grupo de banhistas voltasse correndo, subindo da praia negra, gelados mas cheios de empolgação; esperei até mesmo que as luzes fossem apagadas nos quartos de hóspedes do andar de cima. Quando enfim ele desceu os degraus, sua pele bronzeada parecia esticada demais sobre o rosto, enquanto os olhos mostravam um brilho de cansaço.

– Ela não gostou – disse ele no mesmo instante.

– É claro que gostou.

– Não, ela não gostou – insistiu ele. – Ela não se divertiu.

Depois disso, ficou em silêncio; e adivinhei que estava indescritivelmente deprimido.

– Sinto que estou tão distante dela – disse por fim. – É difícil fazê-la compreender.

– O baile?

– O baile? – ele descartou todos os bailes que havia oferecido com um estalo dos dedos. – Meu velho, o baile não tem a menor importância.

O que ele queria de Daisy era, nada mais, nada menos, que ela chegasse para Tom e lhe dissesse: "Eu nunca o amei". Depois que ela tivesse apagado, com essa frase, quatro anos de suas vidas, eles poderiam decidir quais eram as medidas mais práticas a serem tomadas. Uma delas era que, tão logo ela estivesse livre, os dois deveriam voltar para Louisville e realizar a festa de casamento na casa dos pais dela... exatamente como deveria ter acontecido cinco anos antes.

– Mas ela não entende – disse ele. – Ela costumava entender tudo. Nós ficávamos sentados durante horas...

Ele interrompeu a frase e começou a caminhar sem rumo certo sobre um caminho cheio de cascas de frutas, guardanapos de papel jogados fora e flores esmagadas.

– Se eu fosse você, não exigiria demais dela – atrevi-me a dizer. – Não se pode repetir o passado.

– Não se pode repetir o passado? – gritou ele, incredulamente. – Mas *é claro* que se pode!

Olhou em torno com uma expressão desvairada, como se o passado estivesse escondido em algum ponto das sombras de sua casa, quase a seu alcance, mas longe demais para ser tocado.

– Vou fazer com que todas as coisas sejam exatamente iguais ao que eram antes – disse ele, movendo a cabeça com determinação. – Ela vai ver.

Então ele falou um longo tempo a respeito do passado e percebi que estava tentando recuperar alguma coisa, talvez uma ideia de si mesmo, que tinha ficado perdida dentro de seu amor por Daisy. Sua vida tinha sido confusa e desordenada desde então, mas se ele ao menos conseguisse voltar a um determinado ponto de partida e lembrar detalhe por detalhe minuciosamente, quem sabe não poderia descobrir o que havia perdido...?

...uma noite de outono, cinco anos antes, eles caminhavam ao longo de uma rua em que tombavam as folhas das árvores e chegaram a um lugar em que a calçada estava branca de luar. Ali eles pararam e olharam um para o outro. Era uma noite fria, com aquela promessa misteriosa que caracteriza somente as duas grandes mudanças do ano. As luzes tranquilas das casas emitiam um brilho difuso na escuridão, e as estrelas pareciam estar despertando e começando o seu percurso pelo universo. Pelo canto dos olhos, Gatsby percebeu que os blocos da calçada realmente formavam uma escada que conduzia a um lugar secreto acima das árvores... Ele poderia subir por ela, desde que subisse sozinho. E uma vez lá em cima, poderia sugar toda a polpa da vida e beber o leite incomparável das maravilhas.

O coração dele começou a bater cada vez mais rápido com a proximidade do rosto branco de Daisy. Ele sabia que, no momento em que a beijasse e unisse para sempre aquelas visões inexprimíveis ao hálito perecível da garota, seu espírito jamais dançaria de novo como o espírito de Deus havia dançado. Assim, ele aguardou, escutando por mais um momento o diapasão que tinha sido tocado sobre uma estrela. Então ele a beijou. Ao toque de seus lábios, ela se abriu para ele como uma flor orvalhada e a encarnação estava completa.

Em meio a tudo o que me contou, mesmo em sua assustadora sentimentalidade, eu me recordava algo... Era como se em minha mente revoasse um ritmo fugidio, fragmentos de palavras perdidas, algo que havia escutado em algum lugar muito tempo antes. Por um momento, uma frase tentou se formar na minha boca e meus lábios se abriram com hesitação, como se esforçam os lábios de um mudo, como se houvesse algo mais lutando para sair deles do que apenas um sopro de ar agitado. Mas não saiu som algum; e aquilo que eu quase lembrara permaneceu obscuro para todo o sempre.

Capítulo Sétimo

Foi justamente quando a curiosidade sobre Gatsby estava no auge que as luzes de sua casa ficaram apagadas em uma noite de sábado. Da mesma forma obscura como havia começado, sua carreira como Trimalquião[22] estava encerrada. Só aos poucos percebi que os automóveis que dobravam cheios de esperança a curva da estrada e subiam pelo portal de entrada permaneciam somente um minuto e, então, iam embora aborrecidos. Pensei que ele podia estar doente e atravessei o gramado para verificar o que estava acontecendo. Um mordomo desconhecido, com cara de vilão de teatro, olhou com estranheza em minha direção pela fresta da porta.

– O sr. Gatsby está doente?

– Que nada! – e acrescentou "senhor" após uma pausa, em um tom mesquinho e gélido.

– Não o vi andando pela propriedade e fiquei bastante preocupado. Diga-lhe que o sr. Carraway esteve aqui.

– Quem? – perguntou ele com grosseria.

– Carraway.

– Carraway. Tudo bem. Eu direi.

E bateu a porta na minha cara.

Minha finlandesa informou-me que Gatsby tinha despedido todos os criados da casa uma semana antes e os substituíra por meia dúzia de outros, que nunca iam até a aldeia de West Egg a fim de serem subornados pelos

---

22. Personagem do *Satyricon*, de Petronius Árbiter. O *Festim de Trimalquião* é um dos poucos fragmentos restantes desta obra, destruída no século XII, em que são relatadas as peripécias de um jovem libertino sem recursos, Encolpes. Trimalquião recebe liberalmente todos os que batem à sua porta e os regala com prodigalidade assombrosa em banquetes caríssimos. (N.T.)

comerciantes, como era comum entre os ex-empregados, mas faziam todas as encomendas com moderação e pelo telefone. O entregador do armazém declarou que a cozinha parecia um chiqueiro, e a opinião geral na aldeia era a de que essas pessoas não eram, de modo algum, criados.

No dia seguinte, Gatsby me telefonou.

– Vai viajar? – indaguei.

– Não, meu velho.

– Ouvi dizer que você demitiu todos os criados.

– Eu queria uma turma nova que não participasse dos mexericos. Daisy tem vindo me visitar com muita frequência, sempre à tarde.

Desse modo, aquele, digamos, grande clube social tinha desmoronado como um castelo de cartas ante a desaprovação de Daisy.

– Esses novos funcionários são pessoas que Wolfsheim queria ajudar. São todos da mesma família, irmãos e irmãs, e administravam um pequeno hotel.

– Entendo.

Ele estava me telefonando a pedido de Daisy. Será que eu poderia almoçar na casa dela amanhã? Miss Baker também estaria presente. Meia hora mais tarde, a própria Daisy telefonou e pareceu aliviada ao saber que eu pretendia ir. Alguma coisa estava no ar. Todavia, eu não podia acreditar que eles fossem escolher a ocasião para fazer uma cena. Em especial, não esperava pela cena constrangedora que Gatsby me havia esboçado em seu jardim.

No dia seguinte, o ar parecia ferver: era quase o último e sem dúvida o dia mais quente do verão. Quando meu trem emergiu do túnel para a luz do sol, somente os apitos vibrantes da fábrica da Companhia Nacional de Biscoitos quebravam o silêncio escaldante do meio-dia. Os bancos com assentos de palha do vagão de passageiros pareciam a ponto de entrar em combustão. A mulher sentada a meu lado transpirou aos poucos até empapar a cintura de sua blusa branca e, então, ao ver que o jornal se desmanchava com o suor de seus dedos, afundou-se desesperadamente no calor mais profundo, lançando um sussurro de desolação. Sua bolsa caiu no chão com uma batida seca.

– Ai, meu Deus! – ela exclamou, meio engasgada.

Apanhei a bolsa com um gesto penoso e lhe devolvi, segurando-a com o braço bem esticado e bem pela extremidade, a fim de deixar claro que não tinha a menor intenção de roubá-la... Mas todos os passageiros do vagão, inclusive a própria mulher, suspeitaram de mim apesar disso.

– Que calor! – disse o bilheteiro aos rostos que lhe eram mais familiares. – Que porcaria de tempo... Quente, quente, quente!... Vocês não acham?... Hein?...

Meu bilhete me foi devolvido com uma mancha escura causada pelo suor da mão dele. E quem estaria preocupado, naquele calor, em saber que lábios ardentes ele beijou, ou que cabeleira úmida deitou sobre o bolso recortado e pespontado na jaqueta de seu uniforme!

...Pelos corredores da casa dos Buchanan soprava uma leve brisa que trazia o som da campainha do telefone, enquanto Gatsby e eu esperávamos à porta.

– O corpo do patrão! – rugia o mordomo no bocal do aparelho. – Sinto muito, madame, mas não podemos fornecê-lo. Está quente demais para se tocar nele em pleno meio-dia!

Para falar a verdade, o que ele realmente estava dizendo era: "Sim... sim... providenciarei".

Ele pôs o fone no gancho e veio em nossa direção, com o rosto um tanto lustroso, para apanhar nossos chapéus panamá de abas rígidas.

– Madame os aguarda no salão! – exclamou, indicando desnecessariamente a direção. Naquele abafamento, cada gesto extra constituía uma afronta à vitalidade de todos.

A sala estava bastante ensombrecida graças aos toldos externos e dava uma impressão de escuridão e de frescor. Daisy e Jordan estavam jogados em um enorme sofá, como dois ídolos de prata fazendo peso sobre seus próprios vestidos brancos, contra a brisa musical dos ventiladores.

– Não conseguimos nos mexer – exclamaram, ao mesmo tempo.

Os dedos de Jordan, empoados de branco sobre o bronzeado natural, pousaram nos meus por um momento.

– E onde se encontra o sr. Thomas Buchanan, o atleta? – indaguei.

No mesmo instante escutei sua voz, aborrecida, abafada, rouca, falando ao telefone da entrada.

Gatsby ficou parado no centro do tapete escarlate e lançou um olhar ao redor, fascinado. Daisy olhou para ele e riu, um riso doce e empolgado, enquanto uma pequena nuvem de pó erguia-se de seu peito e pairava no ar.

– Corre o boato – cochichou Jordan – de que a garota de Tom está falando com ele ao telefone.

Ficamos em silêncio. A voz que vinha da entrada ergueu-se mais um pouco, denotando um visível desagrado:

– Tudo bem, então. Desisto de lhe vender o carro... Afinal de contas, não tenho mesmo nenhuma obrigação... E quanto a essa sua atitude de me incomodar na hora do almoço por uma coisa tão idiota, não vou tolerar mais!

– Está falando com o fone desligado – comentou Daisy, em tom cínico.

– Sabe que não está? – garanti-lhe. – Na verdade, é um negócio. Acontece que eu estava junto quando ele falou com um mecânico sobre isso.

Tom abriu a porta de repente, preenchendo todo o vão durante um momento com seus ombros largos, e entrou apressado no salão.

– Sr. Gatsby! – exclamou, enquanto estendia a mão larga e chata com um desgosto visível, mas bem disfarçado. – Estou contente de vê-lo... Olá, Nick...

– Faça-nos um drinque gelado – gritou Daisy.

Quando ele saiu do salão, ela se levantou e caminhou até Gatsby, puxando-lhe o rosto para baixo e beijando-o na boca.

– Você sabe que eu te amo – murmurou.

– Você está se esquecendo de que há uma senhora presente – reclamou Jordan.

Daisy olhou em volta como que duvidando.

– Aproveite e beije Nick também.

– Mas que garota baixa e vulgar!

– Eu não me importo! – exclamou Daisy, e começou a entupir de lenha a lareira de tijolos. Então lembrou-se de como estava quente e sentou-se no divã, cheia de culpa, justamente no momento em que uma babá, usando roupas recém-lavadas e engomadas, entrava no salão, trazendo pela mão uma garotinha.

– Que-ri-da pre-ci-osa da ma-mãe – falou em voz cantada, estendendo-lhe os braços. – Venha para sua mamãe verdadeira que ama tanto você!...

A criança, liberada pela babá, correu através da sala e esfregou-se tímida contra o vestido da mãe.

– Que-ri-da pre-ci-osa! Será que a mamãe sujou de pó de arroz esse seu lindo cabelo louro? Vamos ver, fique bem de pezinho e diga "Como vai?" aos cavalheiros.

Gatsby e eu, cada um por sua vez, nos inclinamos e tomamos a pequenina mão relutante. A partir daí, ele ficou olhando para a criança com surpresa. Acho que, na verdade, até então não tinha acreditado na sua existência.

– Eu me vesti antes do almoço – anunciou a criança, voltando-se ansiosa para Daisy.

– Isto porque a mamãe queria que todos a vissem – seu rosto inclinou-se até se encostar na única dobra do pequeno pescoço branco. – Meu sonho querido! Você é o meu sonho?

– Sim – admitiu a criança, calmamente. – E a tia Jordan também está de vestido branco.

— O que achou dos amigos da mamãe? — indagou Daisy, fazendo-a voltar-se para encarar Gatsby. — Acha que eles são bonitos?

— Onde está o papai?

— Ela não é parecida com o pai — explicou Daisy. — Ela se parece é comigo. Tem meu cabelo e o meu rosto.

Daisy sentou-se de volta no sofá. A babá deu um passo à frente e estendeu a mão.

— Venha, Pammy.

— Adeus, doçura!

Com um olhar relutante sobre o ombro, a criança bem-educada segurou a mão da babá e foi levada através da porta, justamente quando Tom voltava, precedendo um empregado que transportava quatro tilintantes copos de rickey[23], cheios de gelo.

Gatsby pegou um drinque.

— Sem dúvida, parecem bem gelados — disse ele, visivelmente tenso.

Bebemos em goles longos e sedentos.

— Li em algum lugar que o sol está ficando mais quente a cada ano que passa — disse Tom, procurando demonstrar alegria. — Parece que, dentro de pouco tempo, a Terra vai cair dentro do sol... Espere um momento... não é justamente o contrário? Será que o sol está ficando mais frio a cada ano? Vamos lá fora — sugeriu a Gatsby, depois de uma pausa. — Quero que dê uma olhada na propriedade.

Saí com eles para a varanda. Sobre o Estreito verde, que parecia estagnado no calor, uma pequena vela se arrastava lentamente em direção ao mar aberto, onde a temperatura era mais fresca. Os olhos de Gatsby seguiram-na por um momento. Ergueu a mão e apontou através da baía.

— Moro bem em frente a vocês.

— Pois é. Isso mesmo.

---

23. Bebida alcoólica, geralmente feita de gim, soda ou gasosa e limonada, com diversos cubos de gelo. (N.T.)

Nossos olhares se ergueram acima dos canteiros do roseiral e do gramado superaquecido e passaram além da areia da praia, que fervia na canícula. Lentamente, as asas brancas do barquinho moveram-se contra o limite azul e fresco do horizonte. Mais adiante, ficava o oceano agitado e as muitas ilhas abençoadas.

– Isso que é esporte – disse Tom, acenando a cabeça. – Gostaria de estar lá com aquele cara, pelo menos por uma hora...

Almoçamos na sala de jantar, também obscurecida por toldos para diminuir o calor dos raios do sol. Ficamos fingindo uma alegria nervosa, enquanto bebíamos cerveja preta e gelada.

– O que vamos fazer esta tarde? – indagou Daisy em uma voz alvoroçada. – E amanhã? E nos próximos trinta anos?

– Não seja mórbida – protestou Jordan. – A vida vai recomeçar novamente assim que chegar o outono e esfriar um pouco.

– Mas está tão quente – insistiu Daisy, à beira das lágrimas – e tudo fica tão confuso. Vamos pegar o carro e ir para a cidade!

Sua voz lutava com o calor, batia as asas contra ele, moldava em formas palpáveis sua falta de sentido.

– Já ouvi falar de muita gente que transformou estrebarias em garagens – disse Tom a Gatsby, falando ao mesmo tempo. – Mas sou o primeiro homem que converteu uma garagem em um estrebaria.

– Quem quer ir até a cidade? – repetiu Daisy, insistente. Os olhos de Gatsby flutuaram em sua direção. – Ah! – disse ela. – Você parece tão cheio de frescor!

Seus olhos se encontraram e ficaram se encarando, sozinhos no espaço. Com um esforço, ela baixou os olhos para a mesa.

– Você sempre parece tão cheio de frescor – repetiu ela.

Com esta frase, ela estava dizendo que o amava, e Tom Buchanan percebeu muito bem. Ficou perplexo. Sua boca se entreabriu e ele olhou para Gatsby e de volta para Daisy como se tivesse acabado de reconhecê-la... Como se fosse uma pessoa a quem tinha sido apresentado anos e anos atrás.

– Você parece o anúncio daquele homem – prosseguiu ela de maneira inocente. – Você sabe, o anúncio daquele homem que...

– Tudo bem – interrompeu Tom. – Estou disposto a viajar até a cidade. Vamos lá! Vamos todos para a cidade.

Ergueu-se, com os olhos ainda fuzilando entre Gatsby e sua esposa. Ninguém mais se moveu.

– Vamos lá! – seu mau gênio começou a aparecer. – Qual é o problema de vocês? Se vamos até a cidade, vamos sair logo!

Sua mão, tremendo pelo esforço do autocontrole, levou aos lábios o que restava em seu copo de cerveja. A voz de Daisy fez com que nos erguêssemos todos e saíssemos para a entrada de carros, recoberta por cascalho em brasa.

– Então vamos simplesmente sair? – objetou ela. – Assim, desse jeito? Não vamos sequer fumar um cigarro antes?

– Todos fumaram durante o almoço.

– Ah, vamos nos divertir! – suplicou ela. – Está quente demais para discutir.

Ele não respondeu.

– Faça como achar melhor – disse ela. – Vamos, Jordan.

Elas subiram ao andar de cima para se aprontarem enquanto nós, os três homens, ficamos parados ali, remexendo as pedrinhas quentes com os sapatos. A curva fina e prateada da lua já pairava no lado ocidental do céu. Gatsby começou a falar e mudou de ideia; Tom voltou-se para ele e o encarou com expectativa.

– A estrebaria fica aqui perto? – perguntou Gatsby, com esforço.

– Uns quatrocentos metros estrada abaixo.

– Ah, sei.

Uma pausa.

– Não vejo por que irmos até a cidade – explodiu Tom. – Mulher tem cada ideia mais maluca na cabeça...

– Vamos levar alguma coisa para beber no caminho? – gritou Daisy de uma das janelas do andar superior.

– Vou pegar um uísque – respondeu Tom e entrou.

Gatsby voltou-se para mim, tenso:

– Não consigo falar nada dentro da casa dele, meu velho.

– Daisy tem uma voz indiscreta – observei. – Está cheia de... – hesitei, sem saber como me expressar.

– ...sua voz está cheia de dinheiro – afirmou ele, de repente.

Pois era isso mesmo. Nunca havia entendido antes. Sua voz estava cheia de dinheiro... Era esse o encanto inexaurível que subia e descia enquanto ela mudava de tom, era o tinir de moedas, a canção de um címbalo contida nela. No alto da torre de um palácio branco, a filha do rei, a garota dourada...

Tom saiu da casa enrolando uma garrafa que continha quase um litro de uísque em uma toalha, seguido por Daisy e Jordan, que usavam pequenos chapéus de tecido metalizado e levavam capas leves nos braços.

– Vamos todos no meu carro? – sugeriu Gatsby, passando a mão pelo couro verde do assento, que parecia estar fervendo. – Deveria tê-lo deixado na sombra.

– O câmbio é universal? – quis saber Tom.

– É.

– Bem, então pegue meu cupê e deixe-me guiar seu carro até a cidade.

A sugestão pareceu desagradar Gatsby.

– Acho que a gasolina não é suficiente.

— Temos muita gasolina! — afirmou Tom ruidosamente, enquanto olhava para a garagem. — E, se por acaso faltar, sempre podemos parar em uma drugstore. Hoje em dia, pode-se comprar qualquer coisa em uma drugstore.

Seguiu-se uma pausa depois dessa observação aparentemente sem sentido. Daisy olhou para Tom, franzindo a testa, e uma expressão indefinível, ao mesmo tempo completamente desconhecida e vagamente reconhecível, alguma coisa de que até então eu só ouvira em palavras, perpassou o rosto de Gatsby.

— Vamos, Daisy — disse Tom, empurrando os ombros dela em direção ao carro de Gatsby. — Vou levá-la neste caminhão de circo.

Abriu-lhe a porta, mas ela se esquivou do círculo de seu braço.

— Você leva Nick e Jordan e nós o seguiremos no cupê.

Ela aproximou-se de Gatsby, tocando-lhe o casaco com a mão. Jordan, Tom e eu sentamos no largo assento dianteiro do carro de Gatsby. Tom remexeu meio sem jeito nos controles pouco familiares e, a seguir, nos lançamos através do calor opressivo, deixando-os bem para trás, fora de nossas vistas.

— Você viu isso? — a voz de Tom exigia uma resposta.
— Vi o quê?

Ele me encarou, percebendo que tanto Jordan como eu sabíamos de tudo, desde o começo.

— Vocês pensam que sou um perfeito idiota, não é? Talvez eu até seja, mas tenho uma espécie de... quase uma intuição que, algumas vezes, me diz o que devo fazer. Talvez vocês não acreditem nisso, mas a ciência...

Ele fez uma pausa. As circunstâncias mais urgentes e imediatas assumiram o controle, puxando-o de volta da beirada de um abismo teórico.

— Fiz uma pequena investigação sobre esse sujeitinho — continuou ele. — Se tivesse sabido antes, teria investigado mais a fundo...

– Quer dizer que você foi consultar um médium? – indagou Jordan com ar de troça.

– O quê? – exclamou, enquanto Jordan e eu soltávamos uma gargalhada e ele nos olhava perplexo. – Um médium?

– Sobre Gatsby.

– Sobre Gatsby? Não, não consultei. O que disse foi que estive fazendo uma pequena investigação sobre o passado dele.

– E descobriu que ele estudou em Oxford? – acrescentou Jordan, como se quisesse ajudá-lo.

– Um oxfordiano? Ele? – falou, incrédulo. – Mas que inferno, ele não estudou em Oxford coisa nenhuma! Ele usa um terno cor-de-rosa!

– Mesmo assim, ele estudou em Oxford – insistiu ela.

– Só se foi em Oxford, no Novo México – grunhiu Tom, depreciativamente. – Ou coisa que o valha.

– Escute, Tom. Se você é assim tão esnobe, por que o convidou para o almoço? – quis saber Jordan, com um tom de voz que demonstrava evidente aborrecimento.

– Foi Daisy quem o convidou. Ela o conheceu antes de nos casarmos. Só Deus sabe onde!

Todos estávamos agora um pouco irritados, no final da euforia provocada pela cerveja preta; percebendo isso, seguimos em silêncio por algum tempo. Então, no momento em que os olhos desbotados do Dr. T. J. Eckleburg surgiram no fim da estrada, lembrei-me do aviso de Gatsby sobre a gasolina.

– Ah, tem suficiente para nos levar até a cidade – disse Tom.

– Mas tem um posto bem aqui – reclamou Jordan. – Não quero ficar parada nesse calor infernal.

Tom apertou os dois freios já sem paciência e deslizamos até uma parada abrupta e empoeirada sob a tabuleta do posto de Wilson. Passado um momento, o proprietário emergiu do interior do estabelecimento e contemplou o carro com os olhos vazios.

— Queremos um pouco de gasolina! — gritou Tom com grosseria. — Para que você pensa que nós paramos aqui? Para admirar a vista?

— Estou doente — disse Wilson, sem se mover. — Estive doente o dia todo.

— Qual é o problema?

— Estou completamente sem forças.

— Bem, o que quer que eu faça? Que eu mesmo faça funcionar a bomba? — quis saber Tom. — Você parecia muito bem ao telefone.

Com um esforço, Wilson deixou a sombra e o apoio da porta e, respirando com dificuldade, desenroscou a tampa do tanque. À luz do sol, seu rosto parecia verde.

— Eu não pretendia interromper seu almoço — disse ele. — Mas estou precisando muito de dinheiro e queria saber o que você pretendia fazer com seu carro velho.

— O que acha desse? — indagou Tom. — Comprei semana passada.

— É um belo carro, mesmo sendo amarelo — disse Wilson, fazendo força para manobrar a manivela da bomba.

— Gostaria de comprar esse?

— Imagina... — disse Wilson, abrindo um débil sorriso. — Não, mas eu poderia ganhar algum dinheiro revendendo o outro.

— E por que você precisa de dinheiro assim, de repente?

— Já estou aqui há tempo demais. Quero dar o fora. Minha esposa e eu queremos ir para o Oeste.

— Sua esposa quer? — exclamou Tom, surpreso.

— Ela vem falando sobre isso há dez anos — disse ele, descansando por um momento contra a bomba de gasolina e protegendo os olhos da luz do sol. — Agora ela vai, quer queira, quer não. Vou levá-la embora comigo.

O cupê nos ultrapassou em uma nuvem de poeira, com o relancear de uma mão abanando.

– Quanto lhe devo? – perguntou Tom, rude.

– Acabei de perceber uma coisa esquisita, faz uns dois dias – observou Wilson. – É por isso que quero me mandar. É por isso que fiquei incomodando o senhor por causa do carro.

– Quanto estou lhe devendo?

– Um dólar e vinte.

O sol que batia sem cessar em minha cabeça estava começando a me deixar confuso e passei por uns maus momentos antes de perceber que, por ora, as suspeitas dele não haviam pousado sobre Tom. Ele tinha descoberto que Myrtle levava uma outra vida, que longe dele vivia em um mundo diferente, e o choque o abalara tanto que havia lhe deixado fisicamente doente. Lancei um olhar primeiro para ele e depois para Tom, que tinha feito uma descoberta semelhante, menos de uma hora antes... E me ocorreu que, no fundo, não havia diferença entre os homens, quanto a raça ou inteligência, tão profunda quanto a diferença entre um homem doente e um homem são. Wilson estava tão doente que parecia culpado, culpado além de qualquer perdão, como se tivesse acabado de engravidar uma pobre menina.

– Vou deixar que você fique com aquele carro – disse Tom. – Vou mandar alguém trazê-lo amanhã à tarde.

Aquele local era sempre um pouco inquietante, mesmo no brilho fulgurante da tarde, e virei a cabeça de repente, como se tivesse sido alertado contra algum perigo que me ameaçava por trás. Sobre as pilhas de cinzas, os olhos gigantes do Doutor T. J. Eckleburg mantinham a vigília, mas percebi, depois de um momento, que outros olhos nos contemplavam a menos de seis metros de distância.

Em uma das janelas acima da garagem, as cortinas tinham sido levemente afastadas e Myrtle Wilson espiava o carro. Estava tão entretida que não tinha consciência de também estar sendo observada; e uma emoção após a outra se sucedia em seu rosto, como as imagens em uma fotografia sendo revelada aos poucos. Sua expressão era curiosamente familiar – era uma expressão que eu havia visto com frequência em rostos femininos, mas que, na fisionomia de Myrtle, parecia sem propósito e inexplicável, até que percebi que seus olhos, arregalados por um terror ciumento, não estavam fixos em Tom, mas em Jordan Baker, que ela pensou ser a esposa dele.

Não há confusão que se compare à de uma mente simples e, enquanto dirigia para longe, Tom sentia as chicotadas quentes do pânico. Sua esposa e sua amante, ainda uma hora atrás seguras e invioladas, estavam deslizando precipitadamente para fora do seu controle. O instinto fez com que pisasse no acelerador, com o duplo propósito de ultrapassar o veículo em que estava Daisy e de deixar Wilson para trás e, assim, aceleramos em direção a Astoria a oitenta quilômetros por hora até que, ao passarmos pelos pilares de aço semelhantes a teias de aranha que suportavam os trilhos do trem elevado, avistamos o cupê azul que viajava tranquilamente.

– Aqueles cinemas grandes ao longo da 50th Street são frescos – sugeriu Jordan. – Eu amo Nova York nos finais das tardes de verão, quando todo mundo sai da cidade. Há uma atmosfera bastante sensual... É como se estivesse bem madura, como se todo tipo de frutas exóticas estivesse a ponto de cair em minhas mãos.

A palavra "sensual" teve o efeito de deixar Tom ainda mais inquieto, mas antes que ele pudesse inventar um pretexto o cupê estacionou, e Daisy nos fez sinal para avançar até que os carros ficassem lado a lado.

– Onde é que nós vamos? – gritou ela.

– Quem sabe vamos a um cinema?

– Ah, está tão quente – queixou-se ela. – Vocês vão. Nós vamos dar uma volta pela cidade e encontramos vocês depois.

Com um esforço, tentou ser espirituosa:

– Vamos marcar uma esquina para nos encontrarmos. Eu serei o homem que vai estar fumando dois cigarros ao mesmo tempo...

– Não podemos ficar discutindo isso aqui – disse Tom, impaciente, enquanto um caminhão buzinava atrás de nós, como se estivesse nos xingando. – Venham atrás de mim até o lado sul do Central Park, em frente ao The Plaza.

Diversas vezes ele virou a cabeça e olhou para trás em busca do carro. Quando o trânsito os atrasava, diminuía a marcha até voltar a avistá-los. Acho que tinha medo de que enveredassem por uma rua lateral e saíssem de sua vida para sempre.

Mas nada aconteceu. E todos nós acabamos, e eu não sei como explicar isso, indo parar na sala de visitas de uma suíte do Hotel Plaza.

A discussão longa e tumultuada que terminou nos encurralando naquela sala me foge um pouco da memória, embora eu lembre nitidamente que, no meio dela, minha roupa de baixo começou a se enroscar como uma cobra úmida ao redor de minhas pernas, enquanto gotas intermitentes de suor escorriam geladas pelas costas abaixo. Tudo começou com a sugestão de Daisy de que podíamos alugar cinco banheiros e tomar um banho frio cada um, para melhorarmos nosso aspecto e irmos a algum lugar onde pudéssemos tomar um julep de hortelã[24]. Cada um de nós repetiu várias vezes que era "uma ideia maluca"... Na verdade, todos ficamos falando ao mesmo tempo com o funcionário perplexo e pensando, ou fingindo pensar, que estávamos sendo muito engraçados...

A sala era grande e abafada e, embora já fossem quatro da tarde, ao abrirmos a janela entrou uma lufada de ar

---

24. Bebida feita com uísque americano, misturado com folhas picadas de hortelã-pimenta e gelo moído. (N.T.)

quente trazendo o cheiro dos arbustos do parque. Daisy foi até o espelho e ajeitou o cabelo, de costas para nós.

– É uma bela suíte – sussurrou Jordan respeitosamente, provocando o riso de todos.

– Abram outra janela – ordenou Daisy, sem se voltar.

– Já abrimos todas, não há mais nenhuma...

– Bem, então é melhor telefonar para a portaria e pedir um machado...

– O que precisamos fazer é esquecer o calor – afirmou Tom, impaciente. – Você reclama tanto que parece ficar dez vezes pior.

Desenrolou a garrafa de uísque da toalha e colocou-a em cima da mesa.

– Por que não deixa ela em paz, meu velho? – sugeriu Gatsby. – Foi você quem insistiu em vir à cidade.

Houve um momento de silêncio. A lista telefônica escapou do prego em que estava pendurada e se esborrachou no chão. Jordan murmurou: "Desculpem-me...". Só que, desta vez, ninguém riu.

– Eu junto – disse eu.

– Já peguei – falou Gatsby, examinando o barbante rebentado e murmurando "Hum!...", como se estivesse muito interessado. Depois, jogou o catálogo no assento de uma poltrona.

– Você gosta muito dessa expressão, não gosta? – disse Tom com um desafio na voz.

– Que expressão?

– Esse negócio de chamar todo mundo de "meu velho". Onde foi que aprendeu isso?

– Espere um momento, Tom – disse Daisy, voltando-se finalmente do espelho. – Se você vai começar com insultos pessoais, não vou ficar aqui nem mais um minuto. Em vez disso, telefone para a portaria e encomende um pouco de gelo para o uísque com hortelã.

Tom pegou o fone enquanto o calor comprimido explodia em som, e escutamos os portentosos acordes da

Marcha Nupcial de Mendelssohn vindos do salão de baile no andar inferior.

— Imagine! Como é que alguém se casa com esse calor? — protestou Jordan.

— No entanto... Eu me casei na metade de junho — lembrou-se Daisy. — Louisville em junho! Uma pessoa chegou a desmaiar. Quem foi que desmaiou, Tom?

— Biloxi — respondeu ele, lacônico.

— Um homem chamado Biloxi. "Blocks" Biloxi. Ele era fabricante de caixas... Juro que é verdade! E tinha vindo de Biloxi, no Tennessee.

— Eles o carregaram para minha casa — completou Jordan — porque morávamos só duas casas depois da igreja. E ele ficou três semanas, até que papai disse que estava na hora de sair de nossa casa. Um dia depois que ele foi embora, papai morreu. — Após um momento, ela acrescentou: — É claro que uma coisa não teve nada a ver com a outra.

— Uns tempos atrás, conheci um Bill Biloxi que morava em Memphis — observei.

— Era primo dele. Fiquei conhecendo toda a história da família antes que saísse lá de casa. Ele me deu um putter[25] de alumínio que eu uso até hoje.

A música tinha terminado ao mesmo tempo em que a cerimônia começava, e uma longa salva de palmas flutuou até a janela, seguida de gritos intermitentes de "Vivaaaa!" e, finalmente, por uma explosão de jazz que deu início às danças.

— Estamos ficando velhos — disse Daisy. — Se fôssemos jovens, levantaríamos agora mesmo e começaríamos a dançar.

— Lembre-se de Biloxi — avisou-a Jordan. — Onde foi que você o conheceu, Tom?

---

25. Taco de golfe para lances curtos, geralmente utilizado quando a bola está perto do buraco. Jogadores que apreciam este taco para jogadas comuns são também chamados de putters. (N.T.)

– Biloxi? – concentrou-se, com um esforço. – Mas eu nem conhecia o cara. Era um dos amigos de Daisy.

– Ah, não, não era! – negou ela. – Eu nunca o tinha visto antes. Ele veio com o resto dos convidados no vagão fretado.

– Bem, ele disse que conhecia você. Ele também disse que foi criado em Louisville. Foi Asa Bird quem o trouxe na última hora e perguntou se tínhamos lugar para ele.

Jordan sorriu.

– Provavelmente ele estava pegando uma carona para casa... A mim, ele contou que era o líder da classe em Yale.

Tom e eu olhamos um para o outro, sem compreender nada.

– *Biloxi?*

– Em primeiro lugar, nós nem tínhamos líder de classe.

O pé de Gatsby começou a bater em um ritmo apressado e irrequieto. De repente, Tom olhou para ele.

– A propósito, sr. Gatsby, segundo me disseram, o senhor se formou em Oxford.

– Não exatamente.

– Ah, sim. Contaram-me que você foi a Oxford.

– Sim. Estive lá.

Uma pausa, seguida pela voz de Tom, incrédula e insultante:

– Você deve ter estado lá mais ou menos na mesma época em que Biloxi frequentou New Haven...

Outra pausa. Um garçom bateu à porta e entrou com hortelã e gelo picados, mas o opressivo silêncio não foi sequer interrompido pelo seu "Obrigado!" nem pelo suave ruído da porta se fechando. Este detalhe extraordinário seria por fim esclarecido.

– Eu lhe disse que estive lá – disse Gatsby.

– Já escutei isso, só queria saber quando foi.

– Foi em 1919. Eu só frequentei durante cinco meses. É por isso que não posso realmente dizer que sou um oxfordiano.

Tom olhou em volta para ver se algum de nós compartilhava de sua incredulidade. Mas todos estávamos olhando para Gatsby.

– Foi uma oportunidade que deram a alguns dos oficiais depois do Armistício – continuou ele. – Poderíamos estudar de graça em qualquer uma das universidades da Inglaterra ou da França.

Tive vontade de me levantar e dar-lhe umas palmadinhas nas costas. Senti renascer a fé que eu tinha nele, tal como já havia acontecido outras vezes antes.

Daisy ergueu-se com um leve sorriso e caminhou até a mesa.

– Abra esse uísque, Tom – ordenou ela –, para que eu lhe prepare um drinque com hortelã. Só assim você não vai parecer tão estúpido... Nem a seus próprios olhos. Onde está a hortelã?

– Espere um minuto! – cortou Tom. – Quero fazer mais uma pergunta ao sr. Gatsby.

– Vá em frente – disse Gatsby em tom educado.

– Qual é o tipo de confusão que você está tentando armar na minha casa?

Enfim o assunto era mencionado às claras. Gatsby ficou satisfeito.

– Ele não está causando nenhuma confusão – disse Daisy, olhando desesperada de um para o outro. – Você é que está criando caso. Por favor, demonstre um pouco de autocontrole.

– Autocontrole! – repetiu Tom incredulamente. – Suponho que a última moda seja ficar sentado e permitir que o sr. João-Ninguém que veio de Lugar Nenhum faça amor com minha esposa. Bem, se a ideia é essa, podem ter certeza de que não vou ficar de braços cruzados. Sei muito bem que as pessoas hoje em dia estão fazendo troça da vida em família e das instituições familiares. A próxima coisa que vão fazer é jogar tudo para o alto e permitir o casamento de negros com brancos.

Com o rosto vermelho, exaltado pelo sentido de suas palavras, sentia-se como o derradeiro defensor da última barricada da civilização.

– Aqui somos todos brancos – murmurou Jordan, tentando fazer graça.

– Sei que não sou muito popular. Não ofereço festas imensas. Suponho que você tenha de transformar sua casa em um chiqueiro a fim de arranjar alguns amigos. É assim que acontece neste mundo moderno.

Apesar de estar furioso, como, aliás, todos nós estávamos, eu sentia vontade de rir cada vez que ele abria a boca, tão fantástica era a transição de libertino para puritano.

– Bem, eu também tenho algo a lhe dizer, meu velho – começou Gatsby. Mas Daisy adivinhou suas intenções.

– Por favor, não diga! – interrompeu, desolada. – Por favor, vamos voltar todos para casa. Por que não voltamos todos para casa agora?

– Acho uma ideia muito boa – disse eu, levantando-me. – Vamos, Tom. Ninguém está mais com vontade de beber.

– Eu quero saber o que o sr. Gatsby pretende me dizer.

– Sua esposa não o ama – disse Gatsby. – Ela nunca o amou. É a mim que ela ama.

– Você deve estar maluco! – exclamou Tom automaticamente.

Gatsby pôs-se em pé, o rosto corado pela excitação.

– Ela nunca amou você, está ouvindo? – berrou. – Ela só casou com você porque eu era pobre e ela estava cansada de me esperar. Foi um erro terrível, mas no fundo do coração ela nunca amou a ninguém, exceto a mim!

Nesse ponto, Jordan e eu tentamos ir embora, mas tanto Tom como Gatsby insistiram com firmeza competitiva que deveríamos ficar. Era como se nenhum dos dois tivesse nada a esconder e nos concedesse um privilégio ao partilharmos daquela exibição pública de emoções.

– Sente-se, Daisy – ordenou Tom, com a voz tateando, buscando, sem êxito, um tom paternal. – O que é que está acontecendo? Quero saber de tudo.

– Eu lhe disse o que está acontecendo – disse Gatsby. – Está acontecendo há cinco anos. Só que você não fazia a menor ideia.

Tom virou-se com um gesto brusco em direção a Daisy.

– Você vem se encontrando com este sujeito há cinco anos?

– Encontrando, não – corrigiu Gatsby. – Não, nós não podíamos nos ver. Mas continuamos nos amando durante todo esse tempo, meu velho, e você não sabia. Algumas vezes, eu chegava a rir às gargalhadas (mas, enquanto ele falava, não havia riso algum em seus olhos) só de pensar que você não sabia.

– Está bem, chega!... – disse Tom, juntando as mãos e batendo com as pontas dos dedos como um padre, enquanto se reclinava na poltrona.

– Você é doido! – explodiu. – Não posso falar sobre o que aconteceu cinco anos atrás, porque foi antes de eu conhecer Daisy. Mas o diabo que me carregue se você conseguiu chegar a um quilômetro dela! Só se fosse você quem entregava as encomendas do armazém pela porta dos fundos. E todo o resto é uma maldita mentira! Daisy me amava quando se casou comigo e me ama até hoje.

– Não – afirmou Gatsby, sacudindo a cabeça.

– Sim, ela me ama. O problema é que algumas vezes ela cria umas ideias idiotas dentro da cabeça e nem sabe o que está fazendo – disse ele, reforçando o que dizia com um movimento afirmativo da própria cabeça. – E tem mais, eu também amo Daisy. De vez em quando eu dou uma escapadinha aqui e ali e faço papel de bobo, mas eu sempre volto e, no fundo do meu coração, eu a amo todo o tempo.

– Você é asqueroso! – exclamou Daisy. Ela se voltou para mim e sua voz, descendo uma oitava, encheu a sala com um desprezo emocionante. – Você sabe por que nós saímos de Chicago? Estou surpresa que ele não tenha contado a história daquela escapadinha!...

Gatsby caminhou até onde ela estava e parou a seu lado.

– Daisy, tudo isso acabou – disse com firmeza. – Não tem mais a menor importância. Apenas lhe conte a verdade. Diga-lhe que você nunca o amou. Tudo mais ficará apagado para sempre.

Ela voltou os olhos para ele, como se estivesse cega.

– Ora... Mas como eu poderia amá-lo? Como seria possível...?

– Você nunca o amou.

Ela hesitou. Seu olhar recaiu sobre Jordan e depois voltou-se para mim em uma espécie de apelo, como se enfim ela percebesse o que estava fazendo. Era como se ela nunca, nunca mesmo, durante todo o tempo, tivesse a intenção de fazer coisa alguma. Mas agora já estava feito. E era tarde demais.

– Eu nunca o amei – disse ela, com visível relutância.

– Nem mesmo em Kapiolani? – indagou Tom no instante seguinte.

– Não.

Acordes abafados e sufocantes subiram do salão de baile abaixo de nós, evaporando-se em ondas de ar quente.

– Nem naquele dia em que eu a carreguei no colo desde Punch Bowl para que você não molhasse os sapatos? – Havia uma rouca ternura em sua voz. – Hein, Daisy?

– Por favor, pare – sua voz ainda era fria, mas o rancor tinha desaparecido. Ela olhou para Gatsby. – Escute,

Jay... – começou ela. Sua mão tremia enquanto tentava acender um cigarro. De súbito, ela jogou o cigarro e o fósforo aceso no tapete. – Ah, você está querendo muito! – gritou para Gatsby. – Agora é a você que eu amo... Isso não basta? Não posso apagar o que aconteceu no passado – protestou ela, soluçando desamparada. – Houve um tempo em que eu amava a ele... Mas, ao mesmo tempo, eu também amava você!...

– Você me amava *também*? – repetiu ele.

– Até isso é uma mentira – interveio Tom, com uma voz cheia de ferocidade. – Ela nem sequer sabia que você estava vivo. Ora... Aconteceram coisas entre Daisy e eu que você nunca vai imaginar, coisas que nenhum de nós jamais poderá esquecer.

As palavras pareciam estar rasgando a carne de Gatsby.

– Quero falar com Daisy sozinho – ele insistiu. – Agora ela está muito nervosa e...

– Mesmo sozinha com você eu não posso dizer que nunca amei Tom – admitiu ela em uma entonação lastimável. – Não seria verdade.

– É claro que não seria – garantiu Tom.

Ela voltou o rosto para seu marido.

– Como se fizesse a menor diferença para você – protestou.

– É claro que faz diferença. Daqui para a frente, vou cuidar melhor de você.

– Você não entendeu – disse Gatsby, com um toque de pânico na voz. – Você não vai mais cuidar dela.

– Ah, não vou? – Tom abriu bem os olhos e soltou uma gargalhada. Agora já conseguia controlar-se. – E por que não?

– Daisy vai deixar você.

– Besteira.

– Pode até ser, mas eu vou – disse ela, com visível esforço.

— Você não vai me deixar! – as palavras de Tom de repente pareciam pesar sobre Gatsby. – Certamente ela não vai me deixar por um vigarista ordinário que teve de roubar até o anel que traz no dedo.

— Não vou permitir isso! – exclamou Daisy. – Por favor, vamos embora!

— E quem diabos é você? – explodiu Tom. – Você faz parte daquela gangue que rodeia Meyer Wolfsheim! Pelo menos isso eu sei. Fiz uma pequena investigação sobre seus negócios... E vou investigar bem mais a fundo amanhã!...

— Pode investigar à vontade, meu velho – disse Gatsby com firmeza.

— Eu já descobri o que era a sua "cadeia de drugstores" – afirmou ele, e voltou-se para nós, falando rapidamente. – Ele e esse Wolfsheim compraram uma porção de drugstores em subúrbios aqui e em Chicago e vendiam etanol às escondidas. Esse é um dos truquezinhos sujos dele. Calculei que fosse contrabandista de bebidas desde a primeira vez que o vi, e não estava muito longe da verdade.

— E daí? – disse Gatsby educadamente. – Acho que seu amigo Walter Chase não teve grandes escrúpulos em participar do negócio.

— E você o deixou na mão, não foi? Você deixou que ele passasse um mês na cadeia em Nova Jersey. Você deveria ouvir o que Walter tem a dizer a respeito de *você*...

— Quando ele nos procurou, estava totalmente quebrado. Ficou muito satisfeito de conseguir alguma grana, meu velho.

— Pare de me chamar de "meu velho"! – gritou Tom.

Gatsby não respondeu.

— Walter poderia mandar prendê-lo pelo trambique das apostas, também, mas Wolfsheim fez ameaças e ele ficou de bico calado.

Aquela expressão estranha, mas familiar, tinha voltado ao rosto de Gatsby.

– Essa tramoia dos drugstores não é nada! – prosseguiu Tom, devagar. – Agora você está metido em um outro negócio que Walter tem medo até de me contar.

Virei para Daisy, que alternava um olhar horrorizado entre Gatsby e seu marido, e depois para Jordan, que parecia ter começado a equilibrar um objeto invisível mas tangível na ponta de seu queixo. Então, olhei de novo para Gatsby e me assustei com sua expressão. Ele dava a impressão (e digo isto depois de ter desprezado todas as calúnias a respeito dele que eram ditas em seu próprio jardim) de ter "matado um homem". Por um momento, a expressão do seu rosto somente poderia ser descrita dessa maneira assustadora.

Mas a expressão desapareceu e ele começou a falar empolgado com Daisy, negando tudo, defendendo seu nome contra as acusações que tinham sido feitas. Mas a cada palavra ela ficava mais ausente e, assim, ele desistiu, e apenas seu sonho destruído continuou a combater, enquanto a tarde se esvaía, tentando tocar o que não mais era tangível, lutando sem se desesperar, mas cheio de tristeza, para alcançar aquela voz perdida do outro lado da sala.

A voz suplicou de novo para ir embora.

– *Por favor,* Tom, eu não aguento mais!...

Seus olhos apavorados revelavam que quaisquer intenções, qualquer resquício de coragem que ela tivesse possuído antes tinham agora desaparecido por completo.

– Vocês dois vão para nossa casa agora, Daisy – disse Tom. – No carro do sr. Gatsby.

Ela olhou para Tom em pânico, mas ele insistiu, cheio de um magnânimo desdém:

– Vão logo. Ele não vai aborrecer você. Acho que ele já percebeu que seu namorico pretensioso terminou.

Eles saíram sem uma palavra, de alma partida, o amor transformado em um acidente, isolados, como fantasmas, até mesmo da nossa piedade.

Passado um momento, Tom levantou-se e começou a enrolar na toalha a garrafa de uísque que nem chegara a ser aberta.

– Querem tomar um pouco deste troço? Jordan...? Nick...?

Não respondi.

– Nick...? – ele perguntou de novo.

– O quê?...

– Quer um pouco?

– Não... Acabei de me lembrar que hoje é meu aniversário.

Estava fazendo trinta anos. Diante de mim se estendia a estrada ameaçadora e portentosa de uma nova década.

Já eram sete horas quando entramos no cupê e partimos para Long Island. Tom falava sem parar, exultando e rindo, mas sua voz estava tão distante para Jordan e eu quanto o vozerio que vinha das calçadas ou o estrondo do trem que rolava pelo trilho acima de nossas cabeças. A tolerância humana tem limites, e estávamos contentes de ter deixado toda aquela trágica discussão se desvanecer com as luzes da cidade que estavam ficando para trás. Trinta anos... A promessa de uma década de solidão, um número cada vez menor de amigos solteiros, cada vez menos esperanças, os cabelos começando a cair... Porém, do meu lado estava Jordan que, ao contrário de Daisy, era sábia demais para levar consigo de ano para ano aqueles sonhos desbotados que é melhor esquecer. Enquanto atravessávamos a ponte escura, seu rosto pálido e lânguido encostou na ombreira de meu casaco, e o choque formidável dos trinta anos morreu diante da pressão reconfortante de suas mãos.

Assim viajamos em direção à morte através daquele crepúsculo refrescante.

O jovem grego chamado Michaelis, proprietário do café e restaurante que se localizava junto aos montes de cinza, foi a principal testemunha no inquérito. Dormira, com todo aquele calor, até um pouco depois das cinco, quando deu um passeio até a garagem e descobriu George Wilson passando muito mal no escritório – realmente muito mal, tão pálido quanto seu cabelo cor de palha, e tremendo descontroladamente. Michaelis aconselhou-o a ir para a cama, mas Wilson recusou-se, dizendo que ia perder muitos fregueses se fosse. Enquanto o vizinho tentava persuadi-lo, um barulho violento ecoou no andar de cima.

– Tranquei minha mulher lá em cima – explicou Wilson, calmamente. – Ela vai ficar lá dentro até depois de amanhã, quando então partiremos.

Michaelis ficou espantadíssimo. Eram vizinhos há quatro anos e Wilson nunca parecera, nem de leve, capaz de dizer uma coisa dessas. Em geral, ele se apresentava como um homem abatido; quando não estava trabalhando, sentava-se em uma cadeira junto à porta da garagem e ficava olhando as pessoas e os carros que passavam pela avenida. Quando alguém se dirigia a ele, invariavelmente ria de uma forma agradável e inexpressiva. Vivia para a mulher, e não para si mesmo.

Assim, é natural que Michaelis tentasse entender o que estava acontecendo, mas Wilson não quis dizer uma única palavra. Em vez disso, começou a lançar uns olhares curiosos de suspeita a seu visitante e a perguntar-lhe o que estava fazendo a certas horas de determinados dias. No momento em que o grego estava começando a sentir-se inquieto, alguns operários passaram diante da porta em direção a seu restaurante e Michaelis aproveitou a oportunidade para sair, fingindo que voltaria mais tarde. Mas não voltou. E supôs que tinha apenas esquecido o assunto, só isso. Quando saiu de novo, um pouco depois das sete, lembrou-se da conversa porque escutou a voz da sra. Wilson dentro da garagem, alta e colérica.

– Bateu em mim! – ouviu-a gritar. – Me jogou no chão e bateu em mim, seu covardezinho sujo!

Um momento depois, ela saiu correndo na penumbra, sacudindo os braços e berrando; e, antes que ele pudesse abrir a porta, a coisa já tinha terminado.

O "carro da morte", como os jornalistas o denominaram, não parou; saiu da escuridão, acionou os freios por um momento trágico e então ganhou velocidade e desapareceu na curva da estrada. Mavromichaelis nem ao menos tinha certeza da cor do veículo – disse ao primeiro policial que era verde-claro. O outro automóvel, o que ia para Nova York, parou uns cem metros mais adiante e o motorista foi correndo até o local em que Myrtle Wilson, cuja vida acabara de modo violento, jazia com os joelhos encolhidos na estrada, misturando com a poeira seu sangue escuro e espesso.

Michaelis e esse homem foram os primeiros a chegar onde ela estava, mas quando rasgaram sua blusa, ainda úmida de transpiração, perceberam que seu seio esquerdo estava quase arrancado e que não havia a menor necessidade de escutar-lhe o coração. A boca escancarada e contraída nos cantos, como se ela tivesse ficado sufocada ao expelir a tremenda vitalidade que tinha guardado por tanto tempo.

Nós vimos os três ou quatro automóveis e um grupo de pessoas quando ainda estávamos a alguma distância.

– Desastre! – exclamou Tom. – Até que é bom. Finalmente Wilson vai ter um freguês.

Diminuiu a marcha, ainda sem a menor intenção de parar, até que, quando chegamos mais perto, os rostos contraídos e silenciosos das pessoas reunidas junto à porta da garagem fizeram com que pisasse automaticamente nos freios.

– Vamos dar uma olhada – falou com hesitação. – Só uma olhada.

Nesse momento, percebi um som cavo e lamurioso que vinha da garagem; e quando saímos do cupê e caminhamos em direção à porta, o som se converteu em palavras: "Ai, meu Deus!", repetidas vezes sem conta por entre um gemido sufocado.

– Alguma coisa muito feia aconteceu por aqui – disse Tom, sua voz demonstrando excitação.

Avançou na ponta dos pés e olhou por sobre um círculo de cabeças para dentro da garagem, que estava iluminada somente por uma lâmpada amarela protegida por uma rede balouçante de metal acima de nossas cabeças. Então emitiu um som áspero, que subia do fundo de sua garganta, e, com um movimento violento dos braços poderosos, empurrou os presentes para os lados a fim de forçar passagem.

O círculo tornou a fechar-se, com um murmúrio de protesto. Passou-se um minuto antes que eu pudesse ver alguma coisa. Então chegaram mais pessoas e a linha foi rompida, enquanto Jordan e eu éramos empurrados de supetão para dentro.

O corpo de Myrtle Wilson, envolto em um cobertor enrolado dentro de outro, como se ela estivesse sentindo frio naquela noite quente, tinha sido colocado sobre a bancada da oficina encostada à parede. Tom, de costas para nós, inclinava-se imóvel sobre ele. Ao seu lado estava um motociclista da polícia rodoviária tomando nota de nomes e endereços em um livrinho, muito compenetrado e coberto de suor. A princípio, não pude identificar a fonte das palavras agudas e pungentes que originavam um clamor dentro da garagem vazia. Só então percebi Wilson parado na soleira de seu escritório, que era um pouco mais alto do que o assoalho da oficina, balançando para a frente e para trás enquanto segurava o marco da porta com ambas as mãos. Um homem que eu não conhecia estava falando com ele em voz baixa e tentando vez que outra colocar a mão sobre um dos ombros dele. Mas Wilson não via nem escutava. Seus olhos oscilavam devagar entre a lâmpada balouçante e a bancada junto à parede. Depois, jogavam-se com violência em direção à lâmpada de novo, enquanto ele emitia sem cessar um terrível clamor:

– Ai, meu De-eus! Ai, meu De-eus! Oh, De-eus! Ai, meu De-eus!...

Tom ergueu a cabeça com um gesto brusco e, depois de passar o olhar vidrado ao redor da garagem, dirigiu ao policial uma observação incoerente e meio mastigada.

– "M-a-v..." – falava o policial. – "o"...

– Não, "r" – corrigia o homem. – "M-a-v-r-o..."

– Escute! – resmungou Tom, ferozmente.

– "R" – disse o policial – "o..."

– "M..."

– "M..." – repetiu o policial, erguendo os olhos quando a mão larga de Tom caiu de repente em seu ombro. – O que você quer?

– O que aconteceu...? É isso que quero saber.

– Um automóvel atropelou-a. Ela morreu na hora.

– Morreu na hora... – repetiu Tom, encarando-o.

– Ela saiu correndo pela estrada. O canalha nem parou o carro.

– Havia dois carros – disse Michaelis. – Um vindo e o outro indo, viu?

– Indo para onde? – quis saber o atento policial.

– Um indo para cada lado. Bem, ela... – sua mão ergueu-se na direção dos cobertores, mas parou na metade do caminho e ficou pendente junto a seu corpo. – Ela correu para fora e o que estava vindo de Nova York bateu direto nela, a uns cinquenta ou sessenta por hora.

– Como é o nome desta localidade aqui? – perguntou o policial.

– Não tem nome nenhum, que eu saiba.

Um mulato bem-vestido aproximou-se.

– Era um carro amarelo – disse ele. – Um automóvel grande e amarelo. Novinho.

– Você viu o acidente? – quis saber o policial.

– Não, mas o carro passou por mim um pouco adiante na estrada. Estava indo a mais de sessenta. Estava indo a oitenta ou a cem por hora.

– Venha cá e vá dizendo seu nome. Agora fiquem quietos. Quero anotar o nome dele.

Algumas palavras dessa conversação devem ter chegado aos ouvidos de Wilson, que ainda se balançava na porta do escritório. De repente, um novo tema encontrou espaço entre seus gritos entrecortados:

– Não precisa me dizer que tipo de carro era! Sei muito bem que carro era!

Contemplando Tom, observei quando os músculos rijos de seus ombros se contraíram, perfeitamente visíveis sob o tecido do casaco. Ele caminhou rápido até Wilson e, parando em frente a ele, segurou com firmeza a parte superior de seus braços.

– Você tem que se controlar – disse ele, mal-humorado, mas tentando consolá-lo.

O olhar de Wilson recaiu sobre Tom. Ele pôs-se na ponta dos pés enquanto seus joelhos se afrouxaram. Teria desmaiado, se Tom não o mantivesse em pé.

– Escute – disse Tom, sacudindo-o um pouco – faz um minuto que cheguei aqui, vindo de Nova York. Eu estava guiando aquele cupê sobre o qual conversamos. Aquele carro amarelo que eu estava guiando esta tarde não era meu. Escutou bem? Não vejo o maldito carro desde o princípio da tarde!

Somente o mulato e eu estávamos perto o bastante para escutar o que ele dizia, mas o policial pegou alguma coisa no ar e virou-se para ele com um olhar truculento.

– Que conversa é essa? – exigiu saber.

– Sou amigo dele.

Tom virou a cabeça, porém manteve as mãos firmes no corpo de Wilson.

– Ele diz que conhece o carro que atropelou a vítima. Era um carro amarelo.

Algum impulso obscuro fez com que o policial olhasse desconfiado para Tom.

– De que cor é o *seu carro*?
– É um carro azul, um cupê.
– Acabamos de chegar de Nova York – acrescentei.

Alguém que vinha dirigindo um pouco atrás de nós confirmou o que eu havia dito, e o policial desistiu da ideia.

– Bem, se agora você me disser de novo aquele nome, do jeito certo...

Levantando Wilson como se fosse uma boneca, Tom carregou-o para dentro do escritório, colocou-o sentado em uma cadeira e voltou.

– Alguém venha aqui para ficar com ele – ordenou, em voz autoritária. Ficou observando enquanto os dois homens parados mais perto olharam um para o outro e entraram de má vontade no escritório. Então Tom bateu a porta, deixando-os fechados, desceu o único degrau com os olhos evitando cuidadosamente a bancada. Ao passar perto de mim, murmurou:

– Vamos embora daqui.

Sentindo todos os olhares postos em nós, seus braços autoritários abrindo caminho, passamos através da multidão, que continuava a aumentar, e encontramos um médico apressado, de maleta na mão, que fora chamado inutilmente uma hora antes.

Tom dirigiu lentamente até passarmos a curva. Depois, pisou fundo no acelerador e o cupê invadiu a noite como uma pista de corridas. Um momento depois, escutei um soluço rouco e vi que as lágrimas corriam por seu rosto.

– Aquele maldito covarde! – sussurrou ele. – Nem ao menos parou o carro...

A casa dos Buchanans flutuou subitamente em nossa direção através das árvores escuras e farfalhantes.

Tom parou ao lado do alpendre e ergueu os olhos para o segundo andar, onde duas janelas brilhavam por entre as trepadeiras.

– Daisy está em casa – disse ele. Ao sairmos do carro, ele olhou para mim e franziu levemente a testa. – Eu devia tê-lo largado em West Egg, Nick. Não há nada que possamos fazer hoje à noite.

Uma mudança se havia operado nele, e falou com gravidade e decisão. Enquanto caminhávamos ao longo do cascalho enluarado até o alpendre, ele resumiu a situação em algumas frases rápidas.

– Vou telefonar e chamar um táxi para levá-lo em casa; mas, enquanto estiver esperando, é melhor ir com Jordan até a cozinha e mandar os criados servirem alguma coisa para a ceia... Se estiverem com fome.

Ele abriu a porta da frente.

– Entrem.

– Não, obrigado. Mas ficarei agradecido se você chamar o táxi. Fico esperando aqui fora.

Jordan colocou a mão no meu braço.

– Não quer entrar mesmo, Nick?

– Não, obrigado.

Estava me sentindo um pouco enjoado e preferia ficar sozinho. Mas Jordan demorou mais um momento.

– São só nove e meia – disse.

Eu não pretendia entrar lá de jeito nenhum. Estava farto deles todos, já os tinha visto por um tempo mais do que suficiente e isto também incluía Jordan. Ela deve ter percebido em minha expressão alguma coisa nesse sentido, pois virou-se de repente e correu pelos degraus do alpendre até entrar na casa. Fiquei sentado por alguns minutos, com a cabeça entre as mãos, até escutar o ruído do telefone sendo tirado do gancho e a voz do mordomo chamando um táxi. Então caminhei devagar ao longo do jardim, o mais longe que podia da casa, com a intenção de esperar junto ao portão.

Não tinha caminhado vinte metros quando escutei meu nome, e Gatsby saiu do meio de dois arbustos e começou a andar pelo caminho a meu lado. A essa altura, eu devia estar me sentindo muito estranho, porque não pude pensar em nada exceto na luminosidade de seu terno cor-de-rosa refletindo sob o luar.

– Mas o que você está fazendo? – perguntei.

– Só estou parado aqui, meu velho.

De algum modo, seja lá o que for que ele estivesse fazendo me pareceu desprezível. Tive a impressão de que estava se preparando para assaltar a casa; não teria ficado surpreso se avistasse alguns rostos sinistros, os rostos daquela "gente de Wolfsheim" aparecendo por trás dele no meio dos arbustos ocultos na sombra.

– Você viu algum problema na estrada? – perguntou ele, após um minuto.

– Vi, sim.

Ele hesitou.

– Ela morreu?

– Está morta, sim.

– Pois foi o que pensei. Eu disse a Daisy que achava que ela tinha morrido. Foi melhor que ela soubesse logo. Ela aguentou bastante bem.

Ele falava como se a reação de Daisy fosse a única coisa que importasse.

– Eu fui até West Egg por uma estrada lateral – prosseguiu ele. – Deixei o carro na minha garagem. Não acho que alguém tenha nos visto, mas não dá para ter certeza.

Nesse momento, fiquei tão enojado que nem achei necessário dizer que ele estava enganado, que tinha sido visto, sim.

– Quem era a mulher? – indagou.

– O sobrenome era Wilson. O marido dela é o dono da oficina que fica em frente. Mas que diabo, como foi que aconteceu?

– Bem, eu tentei girar a direção... – interrompeu-se, e de repente adivinhei a verdade.

– Era Daisy quem estava dirigindo?

– Sim – disse ele, após um momento –, mas é claro que vou dizer que era eu. Você sabe, quando saímos de Nova York ela estava muito nervosa e pensou que, se ela mesma dirigisse, se acalmaria um pouco. Então essa mulher correu em nossa direção, bem quando estávamos passando por um carro que vinha na direção oposta. Aconteceu tudo em um instante, mas tive a impressão de que ela queria falar conosco, pensando que fôssemos alguém que ela conhecesse. Bem, primeiro Daisy desviou da mulher na direção do outro automóvel e então ela perdeu a coragem e girou de volta a direção. No segundo em que minha mão tocou no volante, senti o choque... Ela deve ter morrido na hora.

– O peito dela se rasgou...

– Nem me conte, meu velho – disse ele, apertando os olhos e sacudindo a cabeça. – Seja como for, Daisy pisou no acelerador. Tentei fazê-la parar, mas que nada! – ela simplesmente não conseguia, e assim eu puxei o freio de mão. Então, ela caiu no meu colo e eu peguei o volante e segui dirigindo.

Depois de algum tempo, ele continuou:

– Amanhã de manhã ela estará bem. Só vou ficar esperando aqui para ver se ele não vai tentar incomodá-la a respeito daquela coisa desagradável que aconteceu hoje à tarde. Ela se trancou no quarto e, se ele tentar alguma brutalidade, ela vai começar a apagar e acender a luz para me avisar.

– Ele não vai tocar nela – disse eu. – Acho que nem está pensando nela.

– Pois eu não confio nele, meu caro.

– Por quanto tempo você pretende esperar?

– Toda a noite, se for necessário. Ou, pelo menos, até ter certeza de que os dois foram dormir.

Uma ideia me ocorreu de repente. Suponhamos que Tom descobrisse que era Daisy quem estava na direção. Ele poderia pensar que havia uma conexão – ou poderia não pensar em nada. Olhei para a casa; havia duas ou três janelas por onde escapavam luzes brilhantes, todas no andar térreo, além da rósea claridade que saía do quarto de Daisy no segundo andar.

– Fique esperando aqui por mim – falei. – Vou ver se há algum sinal de movimento.

Caminhei de volta, pela beira do gramado, atravessei o cascalho sem fazer barulho e subi os degraus do alpendre na ponta dos pés. As cortinas da sala de visitas estavam abertas e vi que a peça estava vazia. Cruzando o pórtico em que havíamos jantado naquela noite de junho, três meses antes, cheguei a um pequeno retângulo de luz que adivinhei ser a janela da copa. As venezianas estavam fechadas, mas encontrei uma fresta junto ao peitoril.

Daisy e Tom estavam sentados de frente um para o outro à mesa da cozinha, com um prato frio de galinha frita entre eles e duas garrafas de cerveja preta. Ele falava com seriedade e, durante a conversa, sua mão tinha pousado ansiosamente sobre a mão dela. De vez em quando, ela erguia os olhos para ele e acenava a cabeça em concordância.

Não pareciam felizes e nenhum deles tinha tocado nem na galinha nem na cerveja. No entanto, também não estavam infelizes. Toda a cena apresentava um ar natural e inconfundível de intimidade, e qualquer estranho diria que estavam conspirando juntos.

Enquanto eu descia do alpendre na ponta dos pés, escutei meu táxi procurando o caminho ao longo da entrada escura que levava até a casa. Gatsby estava esperando por mim, parado no mesmo lugar em que eu o havia deixado.

– Está tudo tranquilo por lá? – perguntou com ansiedade.

– Sim, tudo está tranquilo – hesitei. – É melhor você vir comigo para casa. Pode deitar-se e tentar dormir um pouco.

Ele balançou a cabeça.

– Quero esperar aqui até que Daisy vá para a cama. Boa noite, meu velho.

Colocou as mãos nos bolsos do casaco e virou-se ansiosamente, retomando seu posto, como se minha presença profanasse a santidade de sua vigília. Assim, fui embora e o deixei parado lá, iluminado pelo luar... Como se fosse um sentinela a vigiar coisa nenhuma.

Capítulo Oitavo

Não consegui dormir a noite toda: uma sirene de nevoeiro gemia sem parar no Estreito e eu rolava de um lado para o outro na cama, sentindo-me meio doente, oscilando entre a realidade grotesca e sonhos selvagens e assustadores. Um pouco antes do amanhecer, escutei um táxi subindo a entrada da casa de Gatsby e, na mesma hora, pulei da cama e comecei a me vestir. Achava que tinha alguma coisa para lhe dizer, que precisava preveni-lo sobre algo, porque de manhã seria tarde demais.

Ao cruzar o gramado, vi que a porta da frente ainda estava aberta e ele se apoiava com ambas as mãos em uma mesinha do corredor, exausto de depressão ou de sono.

– Não aconteceu nada – disse ele com a voz fraca. – Esperei horas a fio e, pelas quatro horas da madrugada, ela apareceu à janela, ficou parada por um momento e então apagou a luz.

A casa nunca tinha me parecido tão imensa como naquela noite, enquanto procurávamos cigarros de salão em salão. Afastamos as enormes cortinas e procuramos ao longo de paredes que pareciam infindáveis, tentando localizar os interruptores. Em certo momento, cheguei a mergulhar com estrépito sobre as teclas de um piano fantasmagórico. Havia uma quantidade inexplicável de poeira por toda a parte; e as salas tinham cheiro de mofo, como se não fossem abertas e arejadas há muitos dias. Descobri um porta-cigarros sobre uma mesa de que não me lembrava, contendo dois cigarros velhos e ressecados. Abrindo as janelas da sala de visitas, que eram envidraçadas de cima a baixo, sentamos lado a lado para fumar no escuro.

– Você deveria fazer uma viagem – comentei. – É quase certo que a polícia vai identificar seu carro.

– Viajar *agora*, meu velho?

– Vá a Atlantic City por uma semana ou, quem sabe, até Montreal.

Ele não considerou a proposta. Não havia a menor possibilidade de afastar-se de Daisy até saber que decisão ela tomaria. Ele se agarrava aos últimos fios de esperança, e eu não tinha coragem suficiente para libertá-lo deles.

Foi nessa noite que ele me contou a estranha história de sua juventude com Dan Cody. Contou-me porque a personalidade de "Jay Gatsby" tinha se estilhaçado como um objeto de cristal contra a dura malícia de Tom, e toda aquela fantasia chegara ao triste final. Acho que teria confessado tudo a respeito de si mesmo, sem a menor reserva, mas o que realmente queria era falar a respeito de Daisy.

Ela foi a primeira "moça direita" que conheceu. Em várias situações anteriores, em que exercia funções subalternas que não revelou, ele havia entrado em contato com criaturas semelhantes, mas sempre havia uma barreira invisível de arame farpado entre eles. Desde o primeiro encontro, sentiu que ela era muito desejável. Foi até sua casa, primeiro com outros oficiais de Camp Taylor e, depois, sozinho. Ficara assombrado, porque nunca estivera em uma casa tão bela antes. Mas o que dava àquela casa uma atmosfera intensa e mágica, que lhe cortava a respiração, era o fato de que Daisy morava lá – de que a mansão era para ela tão casual como a tenda no acampamento para ele. Havia um mistério delicioso naquela casa, uma sugestão de quartos de dormir no andar de cima mais lindos e mais frescos do que quaisquer outros quartos, uma sugestão de atividades alegres e radiantes que transcorriam ao longo de seus corredores, uma promessa de romances que não estavam mofados nem guardados como lençóis em lavanda, mas recentes, respirando e exalando o perfume de cintilantes carros último modelo e recordando bailes cujas flores mal haviam murchado. Outra coisa que o excitava era o fato de que tantos outros homens já haviam se apaixonado por Daisy. Isso só servia para valorizá-la aos seus olhos. Sentia a presença de todos eles, em cada parte da casa, enchendo o ar com sombras e ecos de emoções ainda vibrantes.

Porém, ele percebera que só havia entrado na casa de Daisy devido a um acidente colossal. Por mais glorioso que seu futuro como Jay Gatsby pudesse vir a ser, naquele momento ele era um jovem pobretão, sem um centavo no bolso, sem sequer um passado; a qualquer momento, o disfarce invisível que o uniforme representava poderia cair de seus ombros. Assim, tratou de aproveitar ao máximo o tempo de que dispunha. Agarrou tudo o que pôde pegar, com ganância e sem escrúpulo algum. Por fim, possuiu Daisy, em uma noite tranquila de outubro, e possuiu-a principalmente porque não tinha o direito sequer de tocar em sua mão.

Poderia ter sentido desprezo por si próprio, porque quando a possuiu tinha fingido ser muito mais do que era. Não quero dizer que a tivesse conquistado com seus milhões fantasmagóricos, mas tinha deliberadamente oferecido a Daisy uma sensação de segurança; deixara que ela acreditasse que ele era uma pessoa mais ou menos da mesma classe social que ela e que poderia perfeitamente tomar conta dela. E, falando com franqueza, ele não tinha nenhuma condição de realizar estas suposições. Não tinha uma família para apoiá-lo e, além disso, estava sujeito aos caprichos de um governo impessoal, que poderia despachá-lo sem aviso prévio para qualquer lugar do mundo.

Mas ele não sentiu desprezo por si mesmo, nem as coisas saíram como ele havia imaginado. Provavelmente era sua intenção aproveitar o quanto pudesse e então dar o fora... Mas agora percebera que havia se comprometido com a busca de um Santo Graal[26]. Ele sabia que Daisy era extraordinária, mas não percebera até que ponto uma "moça decente" poderia ser extraordinária. Ela desapareceu dentro de sua rica casa, perdeu-se em sua vida rica e plena, deixando para Gatsby... nada. A única coisa que lhe sobrou foi a sensação de que estava casado com ela.

Quando se encontraram de novo, dois dias depois, era Gatsby quem tinha a respiração entrecortada; era ele quem se sentia, de algum modo, traído. Seu alpendre estava bem iluminado, como se seus pais pudessem se dar ao luxo de comprar a luz das estrelas; o sofá de vime no rigor da moda estalava e rangia, enquanto ela se voltava em sua direção e lhe permitia beijar sua boca adorável e curiosa. Ela tinha se resfriado, e isto lhe deixava a voz mais rouca e encantadora do que nunca – e Gatsby teve a esmagadora percepção da juventude e do mistério que a riqueza aprisiona e preserva, da graça das roupas imaculadas e da própria Daisy, cintilando como prata, segura e orgulhosa, acima das dramáticas lutas dos pobres.

– Não posso lhe descrever a que ponto fiquei surpreso quando descobri que a amava, meu velho. Durante algum tempo, cheguei a ter esperança de que ela me mandasse embora, mas ela nem pensou nisso, porque também estava apaixonada por mim. Ela pensava que eu era muito experiente, porque sabia uma porção de coisas diferentes das que ela mesma conhecia... Bem, lá estava eu, completamente fora da trilha que havia traçado para realizar minhas ambições, cada vez mais apaixonado; e, de repente, não me importava com mais nada. Para que

---

26. Alusão à busca do Santo Graal, taça feita de uma única esmeralda, que teria sido usada por Jesus na última ceia, a qual, depois que José de Arimateia recolhera nela o sangue de Cristo na cruz, teria sido levada por este para a Inglaterra. No mito arturiano, os Cavaleiros da Távola Redonda assumem o compromisso de encontrar o graal, mas somente Sir Galahad é considerado digno. Identificado com o mito germânico de Parsifal, é o personagem da ópera de Wagner. Por extensão, qualquer busca extremamente difícil, ideal ou impossível. (N.T.)

serviria realizar grandes coisas se eu podia me sentir muito melhor apenas contando a ela o que pretendia fazer?

Na última tarde, antes de embarcar para o estrangeiro, sentou-se com Daisy nos braços por um longo tempo em silêncio. Era um dia frio de outono, a lareira estava acesa e suas faces haviam ficado coradas. De vez em quando ela se mexia e ele mudava a posição dos braços; uma vez, beijou seus cabelos brilhantes, tornados foscos no escuro. A tarde lhes havia dado tranquilidade, como se quisesse deixar uma lembrança profunda para a longa separação anunciada para o dia seguinte. Nunca tinham estado tão próximos naquele mês de amor, nem se comunicado de forma tão profunda como no momento em que ela roçou os lábios silenciosos no ombro de seu paletó ou quando ele tocou com ternura a ponta de seus dedos, como se ela estivesse adormecida e não quisesse acordá-la...

Ele saiu-se extraordinariamente bem na guerra. Já tinha sido promovido a capitão antes de chegar à frente de combate e, após as batalhas de Argonne[27], recebera a patente de major e o comando de uma divisão de metralhadores. Depois do Armistício, tentara freneticamente voltar para os Estados Unidos, mas alguma complicação ou mal-entendido acabara por levá-lo a Oxford. Estava ficando preocupado agora... As cartas de Daisy revelavam um certo nervosismo, desespero até. Ela não compreendia por que ele não podia voltar. Ela sentia a pressão do mundo que a rodeava e queria vê-lo e sentir a presença dele junto a ela, para ter certeza de que, afinal de contas, estava agindo da maneira certa.

Tudo isso porque Daisy era jovem e seu mundo artificial era agradável e perfumado de orquídeas, cheio de

---

27. Região de florestas no nordeste da França, entre os rios Aisne e Aire, na qual, entre 1914 e 1915, foram travadas cinco terríveis batalhas entre as tropas alemãs e os aliados franco-britânicos, culminando com a vitória norte-americana em Montfaucon, que provocou a derrota da Alemanha na I Guerra Mundial. (N.T.)

alegre condescendência e orquestras que ditavam o ritmo do ano, resumindo as tristezas e percalços da vida em melodias da moda. Todas as noites, os saxofones gemiam as notas melancólicas de *Beale Street Blues,* enquanto cem pares de sandálias douradas e prateadas agitavam a poeira brilhante. Na hora do chá, as pessoas sempre se reuniam em salões que palpitavam sem parar, tomados desta febre suave e doce, enquanto rostos frescos deslizavam sem rumo pelo salão, como pétalas de rosa sopradas pelo triste lamento da orquestra.

    Com a chegada da primavera, Daisy começou a mover-se de novo através deste universo crepuscular. Começou novamente a ter meia dúzia de encontros por dia, com meia dúzia de homens diferentes, indo dormir ao raiar do dia, com as lantejoulas e paetês de seus vestidos de noite misturados a orquídeas agonizantes no chão junto à sua cama. E todo o tempo alguma coisa dentro dela clamava por uma decisão. Ela queria que sua vida tomasse rumo agora, imediatamente... A decisão deveria ser tomada por alguma força externa a ela, a força do amor, talvez, ou a do dinheiro, ou a de qualquer outro fator que demonstrasse inquestionavelmente ser o mais prático: aquele que estivesse mais próximo dela.

No meio da primavera, esta força tomou forma com a chegada de Tom Buchanan. Havia uma saudável solidez tanto em sua pessoa como em sua situação financeira, e Daisy sentiu-se lisonjeada por suas atenções. É claro que ela passou por um período de conflitos íntimos, mas a seguir sobreveio o alívio. Sua carta chegou às mãos de Gatsby enquanto ele ainda estava em Oxford.

Amanhecia agora em Long Island, e ocupamos algum tempo abrindo o resto das janelas do andar térreo, enchendo a casa com uma luz que oscilava entre o cinza e o dourado. A sombra de uma árvore caiu de repente sobre o gramado coberto de orvalho, e pássaros fantasmagóricos começaram a cantar em meio às copas de folhas azuladas. Havia uma brisa leve e agradável no ar, prometendo um dia fresco e encantador.

– Não acredito que ela algum dia o tenha amado – Gatsby voltou-se de uma janela e me encarou, com um olhar desafiador. – Você deve recordar, meu velho, que ela ficou muito perturbada nesta tarde. Ele falou aquelas coisas todas de uma maneira tal que ela se apavorou!... E eu fiquei parecendo um vigarista barato. O resultado foi que ela mal sabia o que estava dizendo.

Sentou-se, tomado de melancolia.

– É claro que ela pode ter pensado que o amava, por um instante ou dois, logo que eles se casaram... Porém, ela me amava mais, mesmo nessas ocasiões, percebe?

De repente, ele fez uma observação muito curiosa:

– Seja como for – disse ele –, tudo isso foi apenas algo pessoal.

Como se entenderia essa frase se não pela suspeita de uma intensidade sem medida da parte dele em relação à questão toda?

Ele retornou da França quando Tom e Daisy ainda estavam em sua lua de mel e fez uma viagem infeliz, mas inevitável, até Louisville, no que gastou o que restava de seu soldo. Ficou por lá uma semana, caminhando ao longo das ruas em que o som dos seus passos haviam ecoado juntos naquela noite de novembro e voltando aos lugares mais afastados aos quais tinham ido com o carrinho branco de Daisy. Do mesmo modo que a mansão de Daisy tinha-lhe sempre parecido mais misteriosa e mais alegre do que todas as outras casas, a sua ideia da cidade, mesmo depois que ela fora embora, estava plena de uma melancólica beleza.

Abandonou a cidade com a sensação de que, se tivesse procurado com mais afinco, poderia tê-la encontrado, com a sensação de que era ele quem a estava abandonando. O vagão comum – agora que ele não tinha nem um tostão

– estava tão quente que parecia ferver. Saiu para a plataforma aberta do trem e sentou-se em uma cadeira de lona deixada ali enquanto a estação se perdia na distância e os fundos de edifícios desconhecidos iam passando. Então se abriram os campos primaveris, e por alguns minutos um vagonete amarelo carregando operários da estrada de ferro pareceu apostar corrida com o trem, cheio de pessoas que poderiam ter visto alguma vez a magia pálida das faces dela, enquanto passeava por uma rua qualquer.

Os trilhos fizeram uma curva, e agora o trem se afastava do sol enquanto este, à medida que afundava no horizonte, parecia abrir-se em uma bênção sobre a cidade que desaparecia, onde ela respirara tantas vezes. Ele estendeu a mão em um gesto de desespero, como se quisesse apanhar uma réstia de ar, guardar um fragmento do local que para ele tivera tanto encanto graças à presença dela. Porém, tudo estava se afastando depressa demais para a visão enevoada de seus olhos, e ele soube, então, que tinha perdido para sempre uma parte de si mesmo, a mais límpida e a melhor de todas; e que não poderia recuperá-la jamais.

Já eram nove horas quando terminamos de tomar o café da manhã e saímos de novo para o alpendre. A noite havia produzido uma profunda mudança, e já se sentia no ar uma fragrância de outono. O jardineiro, o último dos antigos criados de Gatsby, chegou até o pé das escadas.

– Vou esvaziar a piscina hoje, sr. Gatsby. As folhas logo vão começar a cair e, depois que entram pelos ralos, sempre surge um problema no encanamento.

– Não, não faça isso hoje – respondeu Gatsby. Voltou-se para mim, como se pedisse desculpas. – Você sabia, meu velho, que não entrei na piscina nem uma vez durante todo o verão?

Olhei para o relógio e levantei.

– Doze minutos para meu trem.

Não queria ir à cidade. Não me sentia em condições de trabalhar direito nesse dia. Mas havia ainda mais do que isso: não queria deixar Gatsby sozinho. Perdi aquele trem e perdi o que saiu depois, antes de finalmente me decidir a sair.

– Vou telefonar – disse por fim.
– Faça isso, meu velho.
– Vou lhe telefonar lá pelo meio-dia.

Descemos lentamente os degraus.

– Acho que Daisy também vai me ligar – disse ele, olhando-me ansioso, como se esperasse minha concordância.

– Acho que sim.
– Bem, até logo.

Apertamos as mãos e fui saindo. Um momento antes de chegar na divisa do gramado, lembrei-me de alguma coisa e virei-me para ele:

– Essa gente toda não presta – gritei através do gramado. – Você vale mais do que todos eles juntos.

Foi muito bom ter dito isso. Foi o único elogio que jamais fiz a ele, porque, na verdade, nunca concordei com as coisas que havia feito. Primeiro, ele aquiesceu, e então seu rosto se abriu naquele sorriso radiante e fraternal, como se tivéssemos estado o tempo todo conspirando para esconder aquele fato. Seu lindo terno rosado, agora um tanto amarfanhado, formava um ponto de cor brilhante contra os degraus brancos, e lembrei-me da noite em que visitara pela primeira vez seu "lar ancestral", três meses antes. O jardim repleto de rostos que se esforçavam por adivinhar que tipo de corrupção ou dinheiro mal havido construíra toda aquela riqueza... E ele tinha permanecido nesses mesmos degraus, escondendo deles seu sonho incorruptível, enquanto lhes acenava um adeus.

Agradeci-lhe por sua hospitalidade. Estávamos sempre lhe agradecendo por isso... tanto eu como todos os outros.

– Até logo – gritei. – Gostei muito do café, Gatsby.

Ao chegar à cidade, tentei por algum tempo listar as cotações de uma quantidade interminável de ações, e então adormeci em minha cadeira giratória. Um pouquinho antes do meio-dia, o telefone me acordou e endireitei-me assustado, com o suor brotando da minha testa. Era Jordan Baker; muitas vezes ela me telefonava a essa hora devido à incerteza de seus próprios movimentos entre hotéis, clubes e residências particulares, o que tornava difícil para mim encontrá-la. Em geral, sua voz através dos fios comunicava novidade e frescor, como se uma leiva de terra arrancada por uma tacada em um dos gramados de golfe tivesse saltado até a janela do escritório; porém, esta manhã, parecia áspera e seca.

– Saí da casa de Daisy – comunicou-me. – Agora estou em Hampstead e vou viajar para Southampton[28] esta tarde.

Provavelmente, ela tinha deixado a casa de Daisy por uma questão de tato, mas a notícia me aborreceu, e o comentário seguinte deixou-me pasmo.

– Você não foi muito gentil comigo a noite passada.

– E que importância isso poderia ter naquelas circunstâncias?

Um momento de silêncio. E então:

– Seja como for, quero me encontrar com você.

– Eu também quero ver você.

– E se em vez de viajar para Southampton eu for até a cidade esta tarde?

– Não, acho que esta tarde não vai dar.

– Tudo bem.

– Esta tarde é impossível. Tenho vários...

Conversamos sobre banalidades nesse estilo durante algum tempo e então, de repente, não estávamos mais falando. Não sei qual de nós dois desligou com um estalo agudo, mas não me importei. Não seria possível, naquela tarde, conversar com ela em uma mesa de chá ou coisa

---

28. Hampstead é uma cidade localizada em Long Island, estado de Nova York; Southampton fica em Hampshire, ao sul da Inglaterra. (N.T.)

parecida, nem que fosse a última oportunidade que tivesse para conversar com ela neste mundo.

Alguns minutos depois, telefonei para a casa de Gatsby, mas a linha estava ocupada. Tentei quatro vezes; no fim, a impaciente telefonista comunicou-me que a linha estava sendo mantida em aberto à espera de um telefonema de longa distância de Detroit. Retirei da gaveta minha tabela com o horário dos trens e fiz um pequeno círculo ao redor do das três e cinquenta. Então recostei-me em minha cadeira e tentei pensar. Era recém meio-dia.

Quando passara pelos montes de cinza nessa manhã, tinha escolhido de propósito o outro lado do vagão. Supus que houvesse uma multidão de curiosos reunida ao redor da garagem o dia todo, com menininhos procurando manchas escuras na poeira da estrada e algum falastrão contando vezes sem fim o que tinha acontecido para quem quisesse ouvir, até que a coisa se tornasse cada vez menos real, até mesmo para ele... A essa altura, a trágica morte de Myrtle Wilson seria esquecida. E aqui vou recuar um pouco no tempo e contar o que aconteceu na oficina mecânica depois que saímos de lá na noite anterior.

Tiveram alguma dificuldade em localizar a irmã, Catherine. Nessa noite, ela devia ter desobedecido à sua própria regra contra bebidas alcoólicas porque, quando chegou, estava completamente bêbada e incapaz de entender que a ambulância já havia partido para Flushing. Quando afinal a convenceram disso, desmaiou na mesma hora, como se essa fosse a pior parte da ocorrência. Alguém, por curiosidade, ou talvez por caridade, deu-lhe uma carona até o local onde estava o corpo da irmã.

Até muito depois da meia-noite, uma multidão se revezou em frente da oficina mecânica, enquanto George Wilson balançava o corpo para a frente e para trás, sentado no sofá do pequeno escritório. Durante algum tempo, a porta do escritório permaneceu aberta, e quem entrasse na oficina sentia um impulso irresistível de espiar para dentro. Por fim, alguém achou que aquilo era insuportável e fechou a porta. Michaelis e vários outros homens permaneceram com ele; primeiro, quatro ou cinco homens; depois, dois ou três. Ainda mais tarde, Michaelis teve de pedir ao último estranho que esperasse quinze minutos, enquanto ele voltava para seu estabelecimento e preparava um bule de café. Depois disso, ficou sozinho com Wilson até o amanhecer.

Por volta das três horas, os resmungos incoerentes de Wilson modificaram-se. Ele ficou mais quieto e começou a falar a respeito do carro amarelo. Dizia que sabia como descobrir o dono do tal carro amarelo, e então as palavras se atropelaram para fora de sua boca e ele contou ao companheiro, de uma forma confusa, que uns dois meses antes sua esposa tinha chegado da cidade com o rosto ferido e o nariz inchado.

Mas quando ele escutou a si próprio contando isso, estremeceu dos pés à cabeça e começou a gritar "Ai, meu Deus!", com uma voz que mais parecia um gemido. Michaelis fez uma tentativa desajeitada de acalmá-lo.

– Há quanto tempo você estava casado, George? Vamos lá, tente se acalmar por um minuto e responda à minha pergunta. Há quanto tempo estava casado?

– Doze anos.

– Tiveram filhos? Vamos lá, George, pare um pouco!... Eu lhe fiz uma pergunta. Vocês tiveram filhos?

Um bando de besouros de casca dura batia o tempo todo contra a lâmpada fraca que pendia do teto e, sempre que Michaelis escutava um carro rasgando os ares ao longo da estrada, tinha a impressão de estar escutando de novo o guincho dos pneus do automóvel que não tinha parado algumas horas antes. Ele não queria entrar na oficina porque a bancada de trabalho estava manchada de sangue no lugar em que o corpo havia sido colocado e, assim, andava de um lado para outro, com certo desconforto, dentro do pequeno escritório. Antes que chegasse a manhã, conhecia de cor cada objeto da sala. De vez em quando, sentava-se ao lado de Wilson, tentando confortá-lo e fazer com que ficasse um pouco mais tranquilo.

– Você frequenta alguma igreja, às vezes, George? Mesmo que não vá lá há muito tempo. Você pode telefonar para a igreja e chamar um pastor ou um padre para vir conversar com você, não quer?

– Não sou de igreja nenhuma.

– Você deveria ser de alguma igreja, George; faz bem em ocasiões como essa. Não acredito que nunca tenha entrado em uma igreja. Você não se casou em uma igreja? Escute, George, escute o que estou dizendo. Você não se casou numa igreja?

– Isso já faz muito tempo.

O esforço da resposta quebrou o ritmo de seu balanço. Por um momento, manteve silêncio. Então, o mesmo olhar meio espantado e meio intrigado retornou a seus olhos desbotados.

– Olhe na gaveta ali – disse ele, apontando para a escrivaninha.

– Qual gaveta?

– Aquela gaveta!... Essa mesma.

Michaelis abriu a gaveta que estava mais perto de sua mão. Não havia nada dentro dela, salvo uma coleira de cachorro pequena e cara, feita de couro trançado com fios de prata. Ao que tudo indicava, era nova em folha.

– Isto? – indagou, erguendo o objeto no ar.

Wilson concordou com a cabeça.

– Encontrei esse negócio ontem à tarde. Ela tentou me explicar o que era, mas eu sabia que alguma coisa estava cheirando mal.

– Quer dizer que foi sua mulher quem comprou?

– Ela tinha esse troço enrolado em papel de seda dentro do toucador.

Michaelis não achou nada de estranho e deu a Wilson uma dúzia de razões por que sua esposa poderia ter comprado a coleira. Mas provavelmente Wilson tinha escutado algumas dessas explicações antes, da própria boca de Myrtle, porque recomeçou a gemer: "Ai, meu Deus!". Desta vez, apenas sussurrava, e o companheiro que tentava confortá-lo deixou diversas explicações no ar.

– E, então, ele a matou – disse Wilson. Sua boca abriu-se de repente e ficou aberta.

– Quem matou quem?

– Ah, mas eu sei como descobrir.

– Você está doente, George – disse seu amigo. – Esse negócio todo deixou você muito tenso e nem sabe mais o que está dizendo. É melhor tentar ficar quieto, sentadinho aí até de manhã.

– Foi ele quem a assassinou.

– Foi um acidente, George.

Wilson sacudiu a cabeça. Seus olhos se estreitaram e sua boca aberta alargou-se um pouco, murmurando um "pois sim!" cheio de superioridade e descrença.

– Eu sei! – exclamou ele, decidido. – Sou do tipo que confia em todo o mundo e não vejo mal em *ninguém,* mas quando chego a saber de uma coisa é porque eu sei *mesmo.* Foi o homem que estava naquele carro. Ela saiu correndo pra falar com ele, mas ele não quis parar.

Michaelis também tinha visto, mas não lhe ocorrera que o fato pudesse ter qualquer significado especial. O que ele acreditava era que a sra. Wilson tinha saído correndo para fugir de seu marido, e não para tentar fazer parar qualquer veículo em particular.

– Mas como é que ela ia saber?

– Ela é muito esperta – disse Wilson, como se isso respondesse à questão. – Aaaahhh!...

Começou a se balançar de novo, para frente e para trás, enquanto Michaelis ficava parado à frente dele, retorcendo a coleira entre os dedos.

– Talvez você tenha algum amigo a quem eu possa telefonar, George?

Esta era uma esperança perdida... Ele tinha quase certeza de que Wilson não tinha amigo nenhum... Sua personalidade não era suficiente nem para cativar à própria esposa. Um pouco mais tarde, alegrou-se ao notar uma mudança na sala, como se a janela estivesse ficando de um tom azul mais vivo, sinal de que a aurora não devia demorar. Pelas cinco horas, a claridade azul já estava forte o suficiente para fazê-lo desligar a lâmpada.

O olhar vítreo de Wilson voltou-se para o monte de cinzas, sobre as quais pequenas nuvens se formavam em vários tons de gris, assumiam formas fantásticas e corriam umas atrás das outras, tocadas pela brisa suave da manhã.

– Eu falei com ela – resmungou, após um longo silêncio. – Disse a ela que podia me enganar, mas não conseguiria enganar a Deus. Trouxe ela até a janela – com alguma dificuldade, levantou-se e caminhou até a janela dos fundos, inclinando o corpo até que seu rosto se apertasse contra as vidraças. – E disse: "Deus sabe muito bem o que você anda fazendo, qualquer coisa que você tenha feito. Você pode me enganar, mas não pode enganar a Deus!".

Parado atrás dele, Michaelis observou, assombrado, que ele estava olhando para os olhos do Doutor T. J. Eckleburg, que acabavam de surgir da noite que se dissipava, pálidos e enormes.

– Deus tudo vê – repetiu Wilson.

– Mas aquilo é só um anúncio! – disse Michaelis. Alguma coisa fez com que ele virasse as costas à janela e olhasse de novo para a sala. Porém, Wilson ficou parado ali por um longo tempo, seu rosto muito perto da vidraça, de vez em quando a abanar a cabeça para o dia que surgia.

Pelas seis horas, Michaelis estava exausto e sentiu-se grato ao ouvir o som de um automóvel que estacionava em frente à oficina mecânica. Era um dos acompanhantes da noite passada, que tinha prometido voltar; assim, ele preparou o desjejum para os três e comeu junto com o outro homem. Wilson estava mais tranquilo agora, e Michaelis foi para casa dormir. Quando acordou, quatro horas mais tarde, e voltou depressa à garagem, Wilson tinha desaparecido.

Seus movimentos (porque ele fez todo o caminho a pé) foram mais tarde retraçados até Port Roosevelt e depois para Gad's Hill, onde comprou um sanduíche que não comeu e tomou uma xícara de café. Devia estar muito cansado e caminhando devagar, porque só chegou a Gad's Hill por volta do meio-dia. Até esse momento, não foi difícil calcular como gastara o tempo: foram encontrados meninos que haviam visto um homem "se portando como um maluco" e motoristas que ele encarou da beira da estrada de maneira estranha. Nas três horas seguintes, desapareceu de vista. A polícia, seguindo a pista da declaração que ele fizera a Michaelis, isto é, "que ele sabia como descobrir", havia suposto que ele tinha passado esse período indo de oficina em oficina, visitando todas as que conhecia na área e indagando sobre o automóvel amarelo.

Mas, por outro lado, jamais se apresentou nenhum mecânico ou garagista que o tenha visto nesse dia; e talvez ele tivesse um jeito mais fácil e mais garantido de descobrir o que queria saber. Mas pelas duas e meia ele estava em West Egg, onde indagou a alguém o caminho até a casa de Gatsby. Isso significa que, a essa altura, ele já tinha descoberto seu nome.

Às duas horas, Gatsby colocou a roupa de banho e disse ao mordomo que, se alguém lhe telefonasse, levassem o recado até a piscina. Parou na garagem da casa para pegar um colchão inflável que tinha divertido muito seus convidados durante todo o verão, e o motorista ajudou-o a enchê-lo de ar. Então, ele deixou instruções no sentido de que o carro aberto não deveria ser retirado da garagem sob quaisquer circunstâncias, o que era muito estranho, já que o para-lama dianteiro do lado direito estava precisando de conserto.

Gatsby colocou o colchão de ar sobre um dos ombros e dirigiu-se à piscina. Parou uma vez e mudou-lhe um pouco a posição; o chofer perguntou-lhe se queria ajuda, mas ele sacudiu a cabeça e desapareceu entre as árvores, cujas folhas já estavam ficando amarelas.

Não houve nenhuma mensagem telefônica, mas o mordomo desistiu da sesta costumeira e ficou esperando por algum telefonema até as quatro da tarde, muito tempo depois de não haver mais ninguém para receber qualquer mensagem que chegasse. Minha ideia é que até mesmo Gatsby não estava de fato esperando uma mensagem e que, na verdade, para ele nada mais tinha importância. Se isso fosse verdade, ele deve ter sentido que perdera o seu cálido mundo, que pagara um preço demasiado caro por viver durante tanto tempo alimentando um único sonho. Deve ter ficado olhando para um céu estranho, que lhe parecia pouco familiar, através das folhas sinistras que pendiam das árvores e tremido ao perceber como é grotesca uma rosa e como o sol brilhava com crueldade sobre a relva que acabara de brotar. Era um mundo totalmente novo, tão material quanto irreal, em que espíritos desamparados, que respiravam sonhos como se fossem ar, deslizavam ao redor fortuitamente... Como aquela figura acinzentada e fantástica que deslizava em sua direção através das árvores amorfas.

O motorista (que era um dos "protegidos" de Wolfsheim) escutou os tiros, porém mais tarde a única coisa que pôde dizer é que não tinha dado a menor importância aos estampidos. Fui de carro da estação diretamente à casa de Gatsby, e foi quando subi angustiado os degraus da entrada que o pessoal da casa sentiu o primeiro sinal de alarme. Mas tenho plena convicção de que, a partir desse momento, todos ficaram sabendo. Sem que praticamente nenhuma palavra fosse proferida, nós quatro, o chofer, o mordomo, o jardineiro e eu, saímos correndo em direção à piscina.

Havia um leve movimento na água, quase imperceptível, enquanto o fluxo entrando de um lado escoava na direção do dreno do lado oposto. Formando pequenas marolas que mal chegavam a sugerir ondulações, o colchão de ar deslizava ao longo da piscina. Uma lufada de vento, tão fraca que quase nem movia a superfície, era o suficiente para perturbar-lhe o curso irregular sob o peso da carga que trazia. O contato com um ramo de folhas fez com que o colchão girasse devagar, manchando a água atrás de si com um fino círculo vermelho, como se fosse o rastro de sua passagem.

Só depois que carregamos Gatsby para dentro da casa foi que o jardineiro viu o corpo de Wilson atirado um pouco mais adiante na grama... O holocausto estava completo.

Capítulo Nono

Passados dois anos, lembro o resto daquele dia (bem como da noite e do dia que se seguiram) apenas como um desfile interminável de policiais, fotógrafos e repórteres entrando e saindo da casa de Gatsby. Puseram uma corda no portão principal e um policial ficou junto dela a fim de afastar os curiosos, mas alguns garotos logo descobriram que poderiam chegar até a casa atravessando o meu gramado, e sempre havia um grupinho deles ao redor da piscina, apertados uns contra os outros, boquiabertos, olhando a piscina. Alguém que estava envolvido na função, talvez um detetive, usou a expressão "louco" enquanto se curvava sobre o cadáver de Wilson em algum momento dessa tarde; e a autoridade profissional da sua informação deu o tom para as reportagens que os jornais publicaram na manhã seguinte.

A maioria dessas reportagens foi um pesadelo: grotescas, circunstanciais, tão sensacionalistas como falsas. No inquérito, quando o depoimento de Michaelis trouxe à luz as suspeitas de Wilson sobre a fidelidade da esposa, pensei que a história inteira seria em breve servida ao público como um suculento escândalo; mas Catherine, que poderia ter dito alguma coisa, não fez o menor comentário. Ela também demonstrou uma surpreendente integridade de caráter: olhou para o magistrado que presidia o inquérito com olhos cheios de determinação, recobertos por sobrancelhas artificialmente marcadas, e jurou que sua irmã nunca havia sequer visto Gatsby, que ela parecia perfeitamente feliz com seu marido, que não estava envolvida em qualquer atividade repreensível. Ela parecia ter convencido a si mesma de que isto era a expressão da verdade e ensopou o lenço de lágrimas, como se a mera insinuação de algum deslize fosse algo que não podia suportar. Assim, Wilson foi reduzido a um homem "desequilibrado pela dor" a fim de que o caso pudesse ser arquivado da maneira mais simples. E a questão foi encerrada.

Mas esta parte dos acontecimentos sempre me pareceu remota e sem importância. Descobri que estava do lado de Gatsby e que ninguém mais estava comigo. A partir do momento em que telefonei para West Egg dando notícias da catástrofe, tudo que se referia a Gatsby, perguntas sobre seu passado, questões práticas começaram a ser feitas para mim. A princípio, fiquei surpreso e confuso; depois, enquanto ele jazia na cama e não se movia, respirava ou falava, hora após hora, percebi que, na verdade, a responsabilidade era só minha, porque ninguém mais estava interessado nele – quero dizer interessado realmente, com aquele intenso comprometimento pessoal a que todo mundo tem um vago direito quando sua vida termina.

Telefonei para Daisy meia hora depois que o encontramos, telefonei para ela por instinto e sem hesitar. Mas ela e Tom haviam saído no princípio daquela tarde, levando algumas malas no carro.

– Não deixaram nenhum endereço?

– Não.

– Disseram quando iriam voltar?

– Não.

– Tem alguma ideia de onde eles possam estar? Como eu poderia entrar em contato?

– Não sei. Não posso informar.

Eu queria encontrar alguma pessoa, além de mim, que demonstrasse interesse e fosse fazer companhia a ele. Eu queria entrar na sala onde ele jazia e tranquilizar-lhe: "Vou fazer com que alguém venha vê-lo, Gatsby. Não se preocupe. Confie em mim e eu encontrarei alguém".

O nome de Meyer Wolfsheim não estava na lista telefônica. O mordomo me deu o seu endereço antigo na Broadway e telefonei para o serviço de informações, mas quando consegui o número já passava das cinco horas e ninguém respondeu à chamada.

– Poderia ligar de novo, por favor? – pedi à telefonista.

– Já liguei para esse número três vezes.

– É muito importante.

– Sinto muito. Parece-me que não há mais ninguém nesse local.

Voltei para a sala de visitas e pensei por um momento que, pelo menos, havia visitantes ocasionais, toda aquela gente da polícia que de uma hora para outra encheu a casa. Porém, embora eles erguessem o lençol e fitassem Gatsby com ar de espanto, seu protesto continuava a ecoar em meu cérebro:

– Escute aqui, meu velho, você tem de encontrar alguém que me vele o corpo. Você tem de se esforçar ao máximo. Você não vai deixar que eu passe por tudo isso sozinho.

Alguém começou a me fazer perguntas, mas me afastei e subi ao andar superior, onde revistei apressadamente as partes de sua escrivaninha que não se achavam trancadas, porque ele nunca me dissera de forma clara que seus pais estavam mortos. Mas não havia nada: apenas a fotografia de Dan Cody me contemplava firmemente da parede, como um símbolo de violências esquecidas.

Na manhã seguinte, enviei o mordomo a Nova York, com uma carta para Wolfsheim, em que pedia informações e instruções e lhe pedia que viesse pelo próximo trem. Este pedido parecia supérfluo no momento em que o redigi. Tinha plena certeza de que ele viria de imediato, assim que lesse a notícia nos jornais, do mesmo modo que não tinha a menor dúvida quanto a receber um telegrama de Daisy antes do meio-dia. Mas o sr. Wolfsheim não apareceu, nem chegou qualquer telegrama; não veio ninguém, exceto mais policiais, mais fotógrafos e mais jornalistas. Quando o mordomo retornou com a resposta de Wolfsheim, comecei a nutrir um sentimento de desafio, como se houvesse uma solidariedade entre Gatsby e eu e um desprezo por todos os demais.

Caro sr. Carraway:

Este foi um dos choques mais terríveis de minha vida e quase não consigo acreditar que seja verdade. Um ato tão tresloucado como o desse homem deve nos dar a todos uma pausa para meditação. Não posso viajar até aí agora porque estou preso a negócios importantes e, na verdade, não estou em condições de me envolver nessa questão. Se houver alguma coisa que eu possa fazer mais adiante, envie-me uma carta por intermédio de Edgar. Quando escuto uma notícia dessas, fico tão perturbado que quase nem sei onde estou e, no momento, estou completamente abalado e sem condições de fazer nada.
Cordialmente,

Meyer Wolfsheim

Um pouco mais abaixo, havia uma nota rabiscada às pressas:

Mande-me informar quando é o funeral, etc. Não conheço ninguém da família dele.

Quando o telefone tocou naquela tarde e a telefonista de longa distância informou que havia uma chamada de Chicago, pensei que fosse Daisy enfim se manifestando. Mas quando a conexão se estabeleceu escutei a voz de um homem, muito fraca e distante:
– É Slagle quem está falando...
– Sim? – o nome não me era familiar.

— Que inferno de notícia, não? Recebeu meu telegrama?

— Não chegou nenhum telegrama.

— O jovem Parke se meteu em uma encrenca — disse ele, às pressas. — Os caras pegaram ele bem quando estava tentando vender as ações no balcão da corretora. Eles tinham recebido uma circular de Nova York com os números uns cinco minutos antes. O que você sabe sobre esse negócio, hein? Nunca dá para dizer o que vai acontecer nesses lugarejos...

— Alô! — interrompi, com a respiração entrecortada. — Escute aqui, não é o sr. Gatsby quem está falando. O sr. Gatsby morreu.

Houve um longo silêncio do outro lado do fio, seguido de uma exclamação abafada e a ligação foi cortada.

Acho que foi no terceiro dia que um telegrama assinado por Henry C. Gatz chegou de uma cidadezinha de Minnesota. Dizia somente que o remetente estava de partida imediata e que adiassem o funeral até que ele chegasse.

Era o pai de Gatsby, um velho solene que parecia muito desamparado e infeliz, vestindo um longo sobretudo barato de lã irlandesa, mesmo naquele dia quente de setembro. Seus olhos porejavam continuamente devido à agitação, e quando peguei a bolsa e o guarda-chuva que carregava começou a puxar a barba rala e grisalha com tanta insistência que tive dificuldade em ajudá-lo a tirar o sobretudo. O homem estava a ponto de entrar em colapso e, assim, levei-o até o salão de música e fiz com que se sentasse, ao mesmo tempo em que mandava buscar alguma coisa para que comesse. Mas ele não queria comer nada, e o leite do copo escorria sobre sua mão trêmula e pingava no assoalho.

— Vi a notícia no jornal de Chicago — disse. — Estava tudo no jornal de Chicago. Vim assim que fiquei sabendo.

– Eu não sabia como entrar em contato com o senhor.

Seus olhos moviam-se sem parar ao redor da sala, mas nada viam.

– Foi um louco – disse ele. – O homem devia estar louco.

– Não quer tomar um pouco de café? – insisti.

– Não quero nada. Estou muito bem agora, senhor...

– Carraway.

– Bem... Estou muito bem agora. Onde é que colocaram Jimmy?

Levei-o até a sala de visitas em que jazia seu filho e deixei-o lá. Alguns garotinhos tinham subido as escadas e estavam espiando o corredor. Quando eu lhes disse quem havia chegado, foram embora com relutância.

Depois de algum tempo, o sr. Gatz abriu a porta e saiu, a boca entreaberta, o rosto um pouco ruborizado, os olhos pingando lágrimas isoladas e impontuais. Ele tinha atingido uma idade em que a morte não representa mais uma surpresa horrível e, quando olhou ao redor de si mesmo, vendo o que o rodeava pela primeira vez, percebendo a altura do pé-direito e o esplendor do corredor e as grandes salas que davam para ele e se abriam em ainda outras peças, sua tristeza começou a ficar misturada com um orgulho respeitoso. Ajudei-o a subir até um quarto no andar superior. Enquanto ele tirava o casaco e o colete, eu lhe disse que o sepultamento tinha sido adiado até que ele chegasse.

– Não sabia o que o senhor ia preferir, sr. Gatsby...

– Meu nome é Gatz.

– Sr. Gatz. Pensei que o senhor poderia querer levar o corpo de volta para o Oeste.

Ele sacudiu a cabeça.

– Jimmy sempre gostou mais do Leste. Ele subiu na vida trabalhando no Leste. O senhor era amigo de meu menino, senhor...

– Éramos amigos íntimos.

– Ele tinha um grande futuro, você sabe. Ele era somente um jovem, mas tinha uma grande capacidade dentro de seu cérebro... bem aqui.

Tocou sua própria cabeça com grande dignidade, e acenei a minha em concordância.

– Se tivesse vivido mais tempo, teria sido um grande homem. Um homem como James J. Hill[29]. Ele teria ajudado a construir esta nação.

– É verdade – concordei, embora um tanto embaraçado.

Ele remexeu desajeitado na colcha bordada, tentando levantá-la da cama, e depois deitou-se com o corpo enrijecido sobre ela, adormecendo de imediato.

Nessa noite, uma pessoa obviamente assustada telefonou, exigindo saber quem eu era antes de dizer o próprio nome.

– Quem fala é o sr. Carraway – disse eu.

– Ah! – ele pareceu aliviado. – É Klipspringer quem fala.

Também fiquei aliviado, porque isto parecia prometer a presença de outro amigo junto à sepultura de Gatsby. Não queria que a hora do enterro saísse nos jornais para atrair uma multidão de basbaques; e, assim, tinha telefonado para algumas pessoas, tentando reunir um grupo de conhecidos. Mas estava difícil encontrá-las.

– O funeral é amanhã – informei-lhe. – Às três da tarde sairá aqui da casa. Gostaria que você comunicasse a outras pessoas que possam estar interessadas.

– Ah, eu direi! – exclamou ele, apressado. – O mais provável é que eu não encontre ninguém, mas se encontrar...

Seu tom de voz despertou-me as suspeitas.

– Mas você, pelo menos, estará presente.

---

29. James Jerome Hill (1838-1916), financista norte-americano. (N.T.)

– Bem, é claro que vou tentar aparecer. Mas estou telefonando porque...

– Espere um minuto – interrompi. – Quem sabe você confirma sua presença?

– Bem, o fato é... Ora, a verdade é que estou na casa de uns amigos aqui em Greenwich e eles esperam que eu fique com eles até amanhã. De fato, há uma espécie de piquenique ou coisa parecida. É claro que vou fazer o possível para ser liberado...

Soltei uma exclamação de desagrado entredentes, mas alto o suficiente para que ele escutasse, porque continuou a falar com nervosismo:

– Estou telefonando porque deixei um par de sapatos aí. Seria muito trabalho pedir ao mordomo que mandasse me entregar? Você sabe, são meus tênis e eu fico meio desamparado sem eles. Meu endereço é: "Aos cuidados de sr. B. F..."

Desliguei o telefone com toda a força e não escutei o resto do nome.

Depois disso, fiquei um pouco envergonhado por causa de Gatsby. Um cavalheiro a quem telefonei deu a entender que ele tinha recebido o que merecia. Entretanto, isso foi na verdade culpa minha, porque ele era um daqueles que zombavam mais aberta e acerbamente de Gatsby, com a coragem adquirida ao beber o champanhe do próprio Gatsby, e eu deveria ter pensado duas vezes antes de telefonar para ele.

Na manhã do funeral, fui até Nova York para ver Meyer Wolfsheim. Parecia não ser possível chegar até ele de outra maneira. Seguindo a informação do ascensorista, empurrei uma porta que tinha uma placa dizendo *"The Swastika Holding Company"* e, à primeira vista, não parecia haver ninguém lá dentro. Mas depois que gritei "Olá!" umas quantas vezes em vão, escutei uma discussão por trás de uma divisória e, pouco depois, uma linda moça judia apareceu no vão de uma porta interna e me examinou com olhos negros e hostis.

– Não há ninguém no escritório – disse ela. – O sr. Wolfsheim foi a Chicago.

A primeira parte da informação era obviamente falsa, porque alguém tinha começado a assobiar *The Rosary* do outro lado da divisória e estava bastante desafinado.

– Por favor, diga-lhe que o sr. Carraway quer falar com ele.

– Não posso trazê-lo de volta de Chicago, posso?

Neste momento, uma voz, sem dúvida nenhuma de Wolfsheim, chamou: "Stella!" do outro lado da porta.

– Deixe seu nome na escrivaninha – disse ela às pressas. – Darei a ele quando retornar da viagem.

– Acontece que sei que ele está aí.

Ela deu um passo em minha direção e começou a deslizar as mãos indignada, para cima e para baixo, ao longo da saia que lhe recobria os quadris.

– Vocês, jovens, pensam que podem entrar aqui à força qualquer hora que desejem – repreendeu. – Estamos cansados disso. Quando eu digo que ele está em Chicago, é porque ele está em Chicago.

Mencionei o nome de Gatsby.

– Ahhh! – proferiu ela, olhando-me de cima a baixo. – Quer esperar um... Como é mesmo o seu nome?

Ela desapareceu. No momento seguinte, Meyer Wolfsheim estava parado em uma pose solene na soleira da porta, estendendo-me as duas mãos. Puxou-me para seu escritório, observando, em um tom de voz reverente, que era uma ocasião muito triste para todos nós; e, então, ofereceu-me um charuto.

– Minha memória recua até o dia em que o encontrei pela primeira vez – falou. – Um jovem major que acabara de dar baixa do exército, com o peito coberto de medalhas que ganhou na guerra. Só que estava tão quebrado que tinha de usar sempre o uniforme, porque não tinha dinheiro para comprar roupas civis. A primeira vez em que o vi foi quando ele entrou no salão de bilhar de Winebrenner, na 43rd Street, e me pediu um emprego. Não comia há dois dias. "Venha cá fazer um lanche comigo", disse eu. Em meia hora ele comeu mais de quatro dólares de comida.

– Foi você quem o iniciou nos negócios? – indaguei.
– Iniciá-lo? Tudo o que conseguiu, deve a mim.
– Ah!
– Eu o tirei do nada, direto da sarjeta. Na mesma hora, percebi que ele era um jovem de ótima aparência e com modos de cavalheiro. Quando ele me disse que tinha frequentado "Oggsford", percebi que podia aproveitá-lo muito bem. Fiz com que ele entrasse para a Legião Americana[30] e, em seguida, conseguiu grande prestígio lá entre eles. Logo, fez um trabalho para um cliente meu em Albany. Ficamos muito íntimos – disse ele, levantando unidos dois dedos gordos e bulbosos. – Estávamos sempre juntos.

Imaginei se esta parceria tinha incluído a transação que "armara" o Campeonato Mundial de Beisebol em 1919.

– Agora ele está morto – disse eu, após um momento. – Já que era seu amigo mais chegado, tenho certeza de que pretende ir a seu funeral hoje à tarde.

– Gostaria mesmo de ir.

– Bem, então venha.

Os pelos de suas narinas tremeram de leve, e os olhos encheram-se de lágrimas enquanto sacudia a cabeça.

– Não posso. Não posso me envolver nesse assunto – asseverou.

– Não há nada em que se envolver. Tudo está terminado.

– Quando um homem é assassinado, nunca me envolvo de jeito nenhum. Sempre fico de fora. Quando eu era jovem, tudo era diferente... Se um amigo meu morresse,

---

30. Organização dos veteranos de guerra norte-americanos, fundada após a I Guerra Mundial. (N.T.)

não importa de que maneira, ficava com ele até o fim. Você pode achar que sou um sentimental, mas era assim mesmo que eu fazia: ficava com ele até o amargo fim!...

Percebi que, por alguma razão particular, ele estava determinado a não assistir ao funeral e, assim, levantei-me para ir embora.

– Você fez faculdade? – perguntou ele, de repente.

Por um momento, pensei que ele pretendia me sugerir uma "gonegsão", mas apenas meneou a cabeça e apertou-me a mão.

– Vamos aprender a demonstrar nossa amizade a um homem enquanto ele está vivo, e não depois que morreu – sugeriu ele. – Depois disso, minha regra pessoal é não interferir.

Quando saí de seu escritório, o céu havia escurecido, e retornei a West Egg debaixo de um chuvisco. Depois de trocar de roupa, fui até à mansão vizinha e encontrei o sr. Gatz caminhando entusiasmado pelo corredor, indo e vindo sem parar. O orgulho que sentia de seu filho e da propriedade de seu filho aumentava a cada instante, e agora ele tinha uma coisa para me mostrar.

– Jimmy mandou-me este retrato – disse ele, retirando a carteira do bolso, com dedos trêmulos. – Olhe aqui.

Era uma fotografia da casa, desgastada nos cantos e suja pelo manuseio de muitas mãos. Ele apontou-me com nervosismo cada detalhe. "Olhe isso aqui!", indicava, enquanto procurava a admiração em meu olhar. Ele tinha mostrado a foto tantas vezes que acredito que lhe parecesse mais real do que a própria casa.

– Jimmy me mandou pelo correio. É uma fotografia muito boa. Mostra muito bem todos os detalhes.

– Muito bem. O senhor o viu recentemente?

– Ele foi me ver dois anos atrás e comprou para mim a casa em que moro agora. É claro que nós estávamos quebrados quando ele fugiu de casa, mas agora sinto que havia uma ótima razão para isso. Ele sabia que tinha um grande futuro pela frente. E, assim que alcançou sucesso, foi muito generoso comigo.

Parecia relutante em guardar a fotografia e ficou segurando-a por mais um minuto, como se quisesse que ela permanecesse diante de meus olhos. Então, guardou-a de novo na carteira e retirou de um de seus bolsos um livro velho e caindo aos pedaços, com uma capa espalhafatosa, que se intitulava: *Hopalong Cassidy*[31].

– Olhe aqui, este aqui é um livro que ele tinha quando era menino. Vai servir para lhe mostrar como ele era naquela época.

Ele abriu a capa de trás do livro e girou-o de modo que eu pudesse ler. Na última folha de guarda estava escrito em letras de imprensa a palavra HORÁRIOS e a data de 12 de setembro de 1906. E logo abaixo:

```
Levantar da cama..................................6h
Exercícios com halteres e
    escalada de paredes .........................6h15–6h30
Estudar elétrica, etc .............................7h15–8h15
Trabalhar.............................................8h30–16h30
Jogar beisebol ou praticar
    outros esportes..................................16h30–17h
Praticar dicção, postura e
    como obtê-los...................................17h–18h
Estudar as invenções que
    ainda são necessárias.........................19h–21h
```

Resoluções Gerais

Não perder tempo em Shafters ou.... (nome indecifrável).

Parar de fumar e de mascar chicletes.

---

31. "Mocinho" de muitos filmes de faroeste, interpretado pelo ator William Boyd (1895-1972), mais conhecido através das revistas em quadrinhos resultante da reunião de tiras publicadas na seção de comics dos jornais, desenhadas por Dan Spiegle a partir de 1949. (N.T.)

Tomar banho dia sim, dia não.
Ler um livro ou revista instrutiva por semana para desenvolver a mente.
Economizar 5 dólares (riscado) – 3 dólares por semana.
Portar-me melhor com meus pais.

– Encontrei este livro por acidente – disse o velho. – Mas serve bem para lhe mostrar que tipo de garoto ele era, não é verdade? Jimmy estava destinado a se dar bem na vida. Sempre tinha algumas resoluções como estas ou coisas desse gênero. Notou o que ele escreveu sobre desenvolver a mente? Estava sempre fazendo essas coisas. Uma vez me disse que eu comia que nem um porco, e dei uma sova nele por causa disso.

Parecia relutante em fechar o livro, lendo cada item em voz alta, e então olhando ansioso para ver minha reação. Acho que estava até esperando que eu copiasse a lista para meu próprio uso.

Um pouco antes das três, chegou um pastor luterano de Flushing e, sem dar por mim, comecei a espiar pelas janelas para ver se chegava algum carro. O pai de Gatsby estava fazendo o mesmo. E, à medida que o tempo passava e os criados chegavam e ficavam aguardando no corredor, seus olhos começaram a piscar ansiosamente e ele falava sobre a chuva de uma maneira incerta e preocupada. O pastor olhou várias vezes para o relógio e, assim, chamei-o à parte e pedi que esperasse meia hora. Mas foi inútil. Não apareceu ninguém.

Em torno das cinco horas, nossa procissão de três carros chegou ao cemitério e parou junto ao portão em meio a uma chuva forte. Primeiro um carro fúnebre, horrivelmente preto e úmido, então o sr. Gatz, o pastor e eu na limusine; e, um pouco mais atrás, quatro ou cinco criados e o carteiro que atendia a vila de West Egg, todos na caminhonete aberta de Gatsby e molhados até os ossos. Enquanto atravessávamos o portão e entrávamos no cemitério, escutei um carro parando e, a seguir, o som de alguém tentando alcançar-nos e pisoteando as poças d'água que recobriam o chão encharcado. Olhei para trás. Era o homem com óculos que pareciam olhos de coruja que eu encontrara na biblioteca de Gatsby certa noite, três meses antes, maravilhado porque os livros expostos nas estantes eram verdadeiros.

Nunca mais o tinha visto. Não sei como ficou sabendo do funeral e nunca soube seu nome. A chuva escorria por seus óculos grossos e ele os tirou para enxugá-los a fim de poder ver a lona protetora que estava sendo retirada do túmulo aberto para Gatsby.

Nessa ocasião pensei em voltar meus pensamentos apenas para Gatsby, mas percebi que ele já se achava longe demais dali e a única coisa que consegui lembrar, na verdade sem ressentimento, foi que Daisy não havia enviado qualquer mensagem, nem sequer uma flor. Vagamente escutei alguém murmurar: "Bem-aventurados os mortos que são enterrados embaixo da chuva". O homem de olhos de coruja disse com uma voz firme: "Amém!".

Afastamo-nos depressa sob a chuva até os carros. "Olhos de coruja" me fez parar junto ao portão, a fim de desculpar-se:

– Não pude ir até a casa

– Parece que ninguém mais pôde.

– Não me diga!? – ele pareceu assustado. – Ora, pelo amor de Deus, eles costumavam ir lá às centenas!...

Tirou os óculos e secou-os de novo, por dentro e por fora.

– Pobre filho da mãe... – comentou.

Uma de minhas recordações mais vivas é a de retornar para minha casa vindo da escola preparatória e, mais tarde, da universidade durante as férias de Natal. Aqueles que iam mais além de Chicago se reuniam na luz fraca da velha Union Station, às seis horas de uma tarde de dezembro, junto com alguns amigos de Chicago, todos já tomados pelo espírito alegre das férias, vinham nos dar um adeus apressado. Lembro-me dos casacos de pele das garotas que vinham das casas da Srta. Isto ou da Srta. Aquilo e a tagarelice das respirações ofegantes e as mãos que se agitavam no ar quando avistávamos velhos conhecidos e os convites e perguntas: "Você vai à casa dos Ordway?" "Vai aos Hersey?" "Vai visitar os Schultze?". Lembro-me até mesmo dos longos bilhetes verdes apertados com firmeza em nossas mãos enluvadas. E, por fim, dos carros pintados de um tom sombrio de amarelo da Estrada de Ferro Chicago, Milwaukee & St. Paul, que pareciam tão alegres quanto o próprio Natal, estacionados ali nos trilhos junto ao portão.

Quando nos metíamos na noite de inverno e a verdadeira neve, a nossa neve, começava a estender-se pelos campos que nos rodeavam, os flocos cintilando contra as janelas, e as luzes débeis de pequenas estações do Wisconsin moviam-se ao longo dos trilhos, algo de frio e estimulante de repente enchia o ar. Nós respirávamos fundo este ar, ao retornarmos do vagão restaurante, através das passagens geladas das plataformas entre os carros, indescritivelmente conscientes da nossa identidade com esta região durante uma estranha hora, antes de nos misturarmos de novo, indistintamente, a ela.

É esse o meu Centro-Oeste. Não os milharais, nem as pradarias, nem as cidadezinhas perdidas no meio do campo que os imigrantes suecos colonizaram, mas os trens emocionantes de minha juventude, quando retornavam para casa, as lâmpadas acesas nas ruas, os guizos dos trenós na escuridão gelada; e as sombras das guirlandas de azevinho projetadas sobre a neve pelas janelas iluminadas. Faço parte disso, sinto-me um pouco solene nestes longos invernos, um pouco complacente, porque cresci na casa dos Carraways, em uma cidade cujas residências ainda são chamadas, década após década, pelos nomes das famílias antigas. Agora percebo que, tudo considerado, esta foi uma história sobre o Oeste: Tom e Gatsby, Daisy, Jordan e eu, todos tínhamos nascido no Centro-Oeste e talvez possuíssemos alguma deficiência em comum, que nos fez pouco adaptáveis à vida da Costa Leste.

Mesmo quando o Leste mais me empolgava, mesmo quando percebia de forma mais clara sua superioridade sobre as cidadezinhas aborrecidas, espalhadas e disformes que ficavam além do rio Ohio, em que as pessoas se reuniam para fazer interrogatórios intermináveis, que somente poupavam as crianças e os muito velhos, mesmo então sempre apresentara para mim uma certa distorção. West Egg, em especial, ainda figura em meus sonhos mais fantásticos. Eu a vejo como uma cena noturna pintada por El Greco: centenas de casas ao mesmo tempo convencionais e grotescas amontoadas sob um céu opressivo e carrancudo e iluminadas por um luar sem brilho. No primeiro plano, quatro homens solenes em roupas de gala caminham ao longo da calçada carregando uma maca em que jaz uma mulher embriagada usando um vestido branco de festa. Sua mão, balançando de um lado da padiola, esparge o brilho frio das joias. Sérios, os homens param diante de uma casa – uma casa errada. Ninguém sabe o nome da mulher e, na verdade, ninguém se importa.

Depois da morte de Gatsby, a Costa Leste me parecia assombrada, deformada, sem que eu pudesse corrigir esta deformação. Assim, quando a fumaça azulada das fogueiras de folhas quebradiças se erguia no ar e o vento soprava as roupas úmidas estendidas para secar nos varais, decidi voltar para casa.

Havia uma coisa que eu deveria fazer antes de ir embora, uma coisa tão desagradável que talvez fosse melhor eu ter esquecido. Mas queria deixar tudo em ordem e não confiar apenas que o mar condescendente e indiferente do esquecimento fosse varrer para longe o que restava de mim.

Fui ver Jordan Baker e tivemos uma longa conversa sobre o que nos tinha acontecido enquanto estávamos juntos e sobre o que eu havia testemunhado sozinho depois disso. Enquanto eu falava, ela permanecia escutando perfeitamente imóvel, sentada em uma grande poltrona.

Estava vestida como se fosse jogar golfe, e recordo de haver pensado que ela parecia uma bela ilustração, seu queixo erguido com um tanto de atrevimento, seus cabelos da cor das folhas de outono, seu rosto bronzeado, na mesma tonalidade da luva castanha com os dedos à mostra da mão que repousava sobre seu joelho. Quanto terminei minha história, ela me disse, sem maiores comentários, que estava noiva de outro homem. Duvidei disso, embora soubesse que existiam vários que teriam casado com ela com um simples estalo de dedos, mas fingi estar surpreso. Por um instante apenas, imaginei se não estava cometendo um erro e então repassei tudo às pressas na minha cabeça e ergui-me para lhe dizer adeus.

– No entanto, foi você quem me deu o fora – disse Jordan de súbito. – Você me deu o fora pelo telefone. Não dou a menor importância para você agora, mas foi uma experiência nova para mim e, durante alguns dias, fiquei meio atordoada.

Apertamos as mãos.

– Ah, você recorda – acrescentou ela – uma conversa que tivemos uma vez sobre como dirigir um automóvel?

– Ora, não muito bem.

– Você lembra de ter dito que um mau motorista só estava seguro enquanto não encontrava outro mau motorista? Bem, eu encontrei um outro mau motorista, não foi? Quero dizer que fui muito descuidada ao avaliar você. Pensei que você fosse uma pessoa honesta, franca e direta. Pensei que isso era o seu orgulho secreto.

– Estou com trinta anos – respondi. – Estou cinco anos além da idade em que poderia mentir para mim mesmo e chamar isso de honra.

Ela não respondeu. Zangado, ainda meio apaixonado e tremendamente arrependido, afastei-me.

Uma tarde, no final de outubro, encontrei Tom Buchanan. Ele estava caminhando à minha frente, ao longo da Quinta Avenida, com passo alerta e agressivo, suas mãos afastadas um pouco do corpo, como se pretendesse usá-las a qualquer momento, a cabeça balançando de um lado para o outro, dando a impressão de que procurava se mover na direção para a qual se moviam seus olhares inquietos. Resolvi diminuir o passo, a fim de não ultrapassá-lo, mas, nesse momento, ele parou e olhou com o cenho cerrado para a vitrine de uma joalheria. De repente, ele me avistou e veio até onde eu estava, estendendo-me a mão.

– Qual é o problema, Nick? Não vai apertar minha mão?

– Não. Você sabe o que penso a seu respeito.

– Você está maluco, Nick – disse ele, rápido. – Completamente maluco. Não sei o que está se passando na sua cabeça.

– Tom, o que você disse ao Wilson naquela tarde? – perguntei.

Ele ficou me olhando sem dizer uma palavra, e percebi que havia adivinhado a verdade sobre aquelas horas que faltavam no itinerário de Wilson. Comecei a virar-me para ir embora, mas ele deu mais um passo em minha direção e segurou-me o braço.

– Contei a ele toda a verdade – afirmou. – Ele veio até nossa porta, quando estávamos nos preparando para viajar e, quando eu mandei dizer que não estávamos em casa, ele tentou entrar à força. Estava doido o suficiente para me matar, se eu não lhe dissesse quem era o dono do carro. Durante todo o tempo em que esteve em minha casa, ficou com a mão num revólver que trazia no bolso.

Interrompeu-se, desafiador:

– E daí que eu lhe tenha contado? Aquele camarada merecia levar o que levou. Ele jogou poeira em seus olhos, assim como jogou nos olhos de Daisy, mas era um cara perigoso. Ele passou por cima de Myrtle como atropelaria um cão e nem ao menos parou o carro.

Não havia nada que eu pudesse dizer, exceto o único fato inexprimível de que aquilo não era verdade.

– E se você pensa que eu não sofri muito, está enganado... Imagine só o que senti, quando fui entregar aquele apartamento e vi a maldita caixa de biscoitos para cachorro abandonada sobre o tampo do balcão... Tive de me sentar e chorei como um bebê. Deus sabe que foi horrível...

Não podia perdoá-lo nem voltar a gostar dele, mas via que o que tinha feito era inteiramente justificável a seus próprios olhos. Tudo acontecera de uma forma muito descuidada e confusa. Eles eram pessoas muito descuidadas, Tom e Daisy. Quebravam e esmagavam coisas e criaturas e, então, se entrincheiravam atrás de seu dinheiro ou se escondiam por trás de sua indiferença ou seja lá o que fosse que os mantinha juntos enquanto deixavam que outras pessoas limpassem a sujeira que haviam feito...

Apertei-lhe a mão. Na ocasião me pareceu uma bobagem não o fazer, porque de repente me senti como se estivesse conversando com uma criança. Então, ele entrou na joalheria a fim de comprar um colar de pérolas (ou quem sabe apenas umas abotoaduras), livre para sempre de meus escrúpulos provincianos.

A casa de Gatsby ainda estava vazia quando parti. O gramado de seu jardim estava tão alto quanto o meu. Um dos choferes de táxi da aldeia nunca passava com um passageiro diante do portão de entrada sem parar por um instante e apontar para dentro, talvez tivesse sido ele quem levou Daisy e Gatsby até East Egg na noite do acidente; ou, talvez, ele tivesse inventado uma história completa sobre o acontecimento inteiro. Eu não queria escutar-lhe a narrativa e, assim, sempre o evitava quando descia do trem.

Passava minhas noites de sábado em Nova York, porque aquelas festas cintilantes, deslumbrantes permaneciam tão vivas na minha memória que ainda podia ouvir a música e as gargalhadas, vagas, mas incessantes, que vinham do seu jardim; e era como se visse os automóveis entrando e saindo pelo pórtico de sua mansão. Certa noite, de fato ouvi um carro de verdade passando por lá e vi as luzes, quando parou diante dos degraus da frente. Mas não fui investigar. Provavelmente, era um derradeiro conviva que tinha estado perdido pelos confins da terra e não sabia que a festa havia terminado.

Na última noite, com minhas bagagens empilhadas e meu carro vendido ao dono do armazém, atravessei o gramado e fui olhar pela última vez aquele imenso e incoerente fracasso que pretendia ser uma casa. Em um dos degraus brancos, uma palavra obscena, rabiscada por algum menino com um pedaço de tijolo, destacava-se claramente ao luar, e eu a apaguei com cuidado, esfregando a sola de meu sapato na pedra. Então, fui até a praia e me deitei de costas na areia.

A maioria das grandes residências construídas junto à praia estava fechada, agora que o verão havia terminado; e praticamente não havia luzes, exceto o brilho impreciso e ondulante de um *ferryboat* que percorria o Estreito. E, à medida que a lua se erguia cada vez mais alto, todas aquelas casas desnecessárias começaram a se dissipar, até que aos poucos tomei consciência da velha ilha que florescera em outros tempos ante os olhos dos marinheiros holandeses, como se fosse um seio verde e dadivoso do Novo Mundo. Suas árvores derrubadas, as grandes árvores que tinham dado lugar à casa de Gatsby, haviam sido motivo de admirados e respeitosos sussurros que refletiam o último e maior de todos os sonhos humanos; durante um momento, breve mas cheio de encantamento, os homens devem ter prendido a respiração diante deste continente, compelidos a uma contemplação estética que nem compreendiam nem desejavam, face a face, pela última vez na história, com alguma coisa que correspondia plenamente à capacidade que os seres humanos têm de maravilhar-se.

Fiquei sentado na praia, meditando sobre o velho mundo desconhecido e pensando no deslumbramento de Gatsby quando pela primeira vez identificou a luz verde que ficava acesa na ponta do ancoradouro como a luz da casa de Daisy. Ele percorrera um longo caminho até chegar a este gramado que o luar tornava azul, e seu sonho deve ter parecido tão próximo que seria praticamente impossível deixar de alcançá-lo. Ele não sabia, no entanto, que o sonho havia ficado para trás, perdido em algum lugar dentro daquela vasta obscuridade que se estendia além da cidade, em que os campos escuros se estendiam para muito além da noite.

Gatsby acreditara na luzinha verde, naquele futuro orgiástico que ano após ano se afasta de nós. O futuro já nos iludiu tantas vezes, mas não importa... Amanhã correremos mais depressa e esticaremos nossos braços um pouco mais além até que, em uma bela manhã...

E assim nós prosseguimos, barcos contra a corrente, empurrados incessantemente de volta ao passado.

FIM

Coleção L&PM POCKET (Lançamentos mais recentes)

1058. **Pintou sujeira!** – Mauricio de Sousa
1059. **Contos de Mamãe Gansa** – Charles Perrault
1060. **A interpretação dos sonhos: vol. 1** – Freud
1061. **A interpretação dos sonhos: vol. 2** – Freud
1062. **Frufru Rataplã Dolores** – Dalton Trevisan
1063. **As melhores histórias da mitologia egípcia** – Carmem Seganfredo e A.S. Franchini
1064. **Infância. Adolescência. Juventude** – Tolstói
1065. **As consolações da filosofia** – Alain de Botton
1066. **Diários de Jack Kerouac – 1947-1954**
1067. **Revolução Francesa – vol. 1** – Max Gallo
1068. **Revolução Francesa – vol. 2** – Max Gallo
1069. **O detetive Parker Pyne** – Agatha Christie
1070. **Memórias do esquecimento** – Flávio Tavares
1071. **Drogas** – Leslie Iversen
1072. **Manual de ecologia (vol.2)** – J. Lutzenberger
1073. **Como andar no labirinto** – Affonso Romano de Sant'Anna
1074. **A orquídea e o serial killer** – Juremir Machado da Silva
1075. **Amor nos tempos de fúria** – Lawrence Ferlinghetti
1076. **A aventura do pudim de Natal** – Agatha Christie
1078. **Amores que matam** – Patricia Faur
1079. **Histórias de pescador** – Mauricio de Sousa
1080. **Pedaços de um caderno manchado de vinho** – Bukowski
1081. **A ferro e fogo: tempo de solidão (vol.1)** – Josué Guimarães
1082. **A ferro e fogo: tempo de guerra (vol.2)** – Josué Guimarães
1084(17). **Desembarcando o Alzheimer** – Dr. Fernando Lucchese e Dra. Ana Hartmann
1085. **A maldição do espelho** – Agatha Christie
1086. **Uma breve história da filosofia** – Nigel Warburton
1088. **Heróis da História** – Will Durant
1089. **Concerto campestre** – L. A. de Assis Brasil
1090. **Morte nas nuvens** – Agatha Christie
1092. **Aventura em Bagdá** – Agatha Christie
1093. **O cavalo amarelo** – Agatha Christie
1094. **O método de interpretação dos sonhos** – Freud
1095. **Sonetos de amor e desamor** – Vários
1096. **120 tirinhas do Dilbert** – Scott Adams
1097. **260 fábulas de Esopo**
1098. **O curioso caso de Benjamin Button** – F. Scott Fitzgerald
1099. **Piadas para sempre: uma antologia para morrer de rir** – Visconde da Casa Verde
1100. **Hamlet (Mangá)** – Shakespeare
1101. **A arte da guerra (Mangá)** – Sun Tzu
1104. **As melhores histórias da Bíblia (vol.1)** – A. S. Franchini e Carmen Seganfredo
1105. **As melhores histórias da Bíblia (vol.2)** – A. S. Franchini e Carmen Seganfredo
1106. **Psicologia das massas & análise do eu** – Freud
1107. **Guerra Civil Espanhola** – Helen Graham
1108. **A autoestrada do sul e outras histórias** – Julio Cortázar
1109. **O mistério dos sete relógios** – Agatha Christie
1110. **Peanuts: Ninguém gosta de mim... (amor)** – Charles Schulz
1111. **Cadê o bolo?** – Mauricio de Sousa
1112. **O filósofo ignorante** – Voltaire
1113. **Totem e tabu** – Freud
1114. **Filosofia pré-socrática** – Catherine Osborne
1115. **Desejo de status** – Alain de Botton
1118. **Passageiro para Frankfurt** – Agatha Christie
1120. **Kill All Enemies** – Melvin Burgess
1121. **A morte da sra. McGinty** – Agatha Christie
1122. **Revolução Russa** – S. A. Smith
1123. **Até você, Capitu?** – Dalton Trevisan
1124. **O grande Gatsby (Mangá)** – F. S. Fitzgerald
1125. **Assim falou Zaratustra (Mangá)** – Nietzsche
1126. **Peanuts: É para isso que servem os amigos (amizade)** – Charles Schulz
1127(27). **Nietzsche** – Dorian Astor
1128. **Bidu: Hora do banho** – Mauricio de Sousa
1129. **O melhor do Macanudo Taurino** – Santiago
1130. **Radicci 30 anos** – Iotti
1131. **Show de sabores** – J.A. Pinheiro Machado
1132. **O prazer das palavras – vol. 3** – Cláudio Moreno
1133. **Morte na praia** – Agatha Christie
1134. **O fardo** – Agatha Christie
1135. **Manifesto do Partido Comunista (Mangá)** – Marx & Engels
1136. **A metamorfose (Mangá)** – Franz Kafka
1137. **Por que você não se casou... ainda** – Tracy McMillan
1138. **Textos autobiográficos** – Bukowski
1139. **A importância de ser prudente** – Oscar Wilde
1140. **Sobre a vontade na natureza** – Arthur Schopenhauer
1141. **Dilbert (8)** – Scott Adams
1142. **Entre dois amores** – Agatha Christie
1143. **Cipreste triste** – Agatha Christie
1144. **Alguém viu uma assombração?** – Mauricio de Sousa
1145. **Mandela** – Elleke Boehmer
1146. **Retrato do artista quando jovem** – James Joyce
1147. **Zadig ou o destino** – Voltaire
1148. **O contrato social (Mangá)** – J.-J. Rousseau
1149. **Garfield fenomenal** – Jim Davis
1150. **A queda da América** – Allen Ginsberg
1151. **Música na noite & outros ensaios** – Aldous Huxley
1152. **Poesias inéditas & Poemas dramáticos** – Fernando Pessoa
1153. **Peanuts: Felicidade é...** – Charles M. Schulz
1154. **Mate-me por favor** – Legs McNeil e Gillian McCain
1155. **Assassinato no Expresso Oriente** – Agatha Christie

1156. Um punhado de centeio – Agatha Christie
1157. A interpretação dos sonhos (Mangá) – Freud
1158. Peanuts: Você não entende o sentido da vida – Charles M. Schulz
1159. A dinastia Rothschild – Herbert R. Lottman
1160. A Mansão Hollow – Agatha Christie
1161. Nas montanhas da loucura – H.P. Lovecraft
1162(28). Napoleão Bonaparte – Pascale Fautrier
1163. Um corpo na biblioteca – Agatha Christie
1164. Inovação – Mark Dodgson e David Gann
1165. O que toda mulher deve saber sobre os homens: a afetividade masculina – Walter Riso
1166. O amor está no ar – Mauricio de Sousa
1167. Testemunha de acusação & outras histórias – Agatha Christie
1168. Etiqueta de bolso – Celia Ribeiro
1169. Poesia reunida (volume 3) – Affonso Romano de Sant'Anna
1170. Emma – Jane Austen
1171. Que seja em segredo – Ana Miranda
1172. Garfield sem apetite – Jim Davis
1173. Garfield: Foi mal... – Jim Davis
1174. Os irmãos Karamázov (Mangá) – Dostoiévski
1175. O Pequeno Príncipe – Antoine de Saint-Exupéry
1176. Peanuts: Ninguém mais tem o espírito aventureiro – Charles M. Schulz
1177. Assim falou Zaratustra – Nietzsche
1178. Morte no Nilo – Agatha Christie
1179. Ê, soneca boa – Mauricio de Sousa
1180. Garfield a todo o vapor – Jim Davis
1181. Em busca do tempo perdido (Mangá) – Proust
1182. Cai o pano: o último caso de Poirot – Agatha Christie
1183. Livro para colorir e relaxar – Livro 1
1184. Para colorir sem parar
1185. Os elefantes não esquecem – Agatha Christie
1186. Teoria da relatividade – Albert Einstein
1187. Compêndio da psicanálise – Freud
1188. Visões de Gerard – Jack Kerouac
1189. Fim de verão – Mohiro Kitoh
1190. Procurando diversão – Mauricio de Sousa
1191. E não sobrou nenhum e outras peças – Agatha Christie
1192. Ansiedade – Daniel Freeman & Jason Freeman
1193. Garfield: pausa para o almoço – Jim Davis
1194. Contos do dia e da noite – Guy de Maupassant
1195. O melhor de Hagar 7 – Dik Browne
1196(29). Lou Andreas-Salomé – Dorian Astor
1197(30). Pasolini – René de Ceccatty
1198. O caso do Hotel Bertram – Agatha Christie
1199. Crônicas de motel – Sam Shepard
1200. Pequena filosofia da paz interior – Catherine Rambert
1201. Os sertões – Euclides da Cunha
1202. Treze à mesa – Agatha Christie
1203. Bíblia – John Riches
1204. Anjos – David Albert Jones
1205. As tirinhas do Guri de Uruguaiana 1 – Jair Kobe
1206. Entre aspas (vol.1) – Fernando Eichenberg
1207. Escrita – Andrew Robinson
1208. O spleen de Paris: pequenos poemas em prosa – Charles Baudelaire
1209. Satíricon – Petrônio
1210. O avarento – Molière
1211. Queimando na água, afogando-se na chama – Bukowski
1212. Miscelânea septuagenária: contos e poemas – Bukowski
1213. Que filosofar é aprender a morrer e outros ensaios – Montaigne
1214. Da amizade e outros ensaios – Montaigne
1215. O medo à espreita e outras histórias – H.P. Lovecraft
1216. A obra de arte na era de sua reprodutibilidade técnica – Walter Benjamin
1217. Sobre a liberdade – John Stuart Mill
1218. O segredo de Chimneys – Agatha Christie
1219. Morte na rua Hickory – Agatha Christie
1220. Ulisses (Mangá) – James Joyce
1221. Ateísmo – Julian Baggini
1222. Os melhores contos de Katherine Mansfield – Katherine Mansfied
1223(31). Martin Luther King – Alain Foix
1224. Millôr Definitivo: uma antologia de *A Bíblia do Caos* – Millôr Fernandes
1225. O Clube das Terças-Feiras e outras histórias – Agatha Christie
1226. Por que sou tão sábio – Nietzsche
1227. Sobre a mentira – Platão
1228. Sobre a leitura *seguido do* Depoimento de Céleste Albaret – Proust
1229. O homem do terno marrom – Agatha Christie
1230(32). Jimi Hendrix – Franck Médioni
1231. Amor e amizade e outras histórias – Jane Austen
1232. Lady Susan, Os Watson e Sanditon – Jane Austen
1233. Uma breve história da ciência – William Bynum
1234. Macunaíma: o herói sem nenhum caráter – Mário de Andrade
1235. A máquina do tempo – H.G. Wells
1236. O homem invisível – H.G. Wells
1237. Os 36 estratagemas: manual secreto da arte da guerra – Anônimo
1238. A mina de ouro e outras histórias – Agatha Christie
1239. Pic – Jack Kerouac
1240. O habitante da escuridão e outros contos – H.P. Lovecraft
1241. O chamado de Cthulhu e outros contos – H.P. Lovecraft
1242. O melhor de Meu reino por um cavalo! – Edição de Ivan Pinheiro Machado
1243. A guerra dos mundos – H.G. Wells
1244. O caso da criada perfeita e outras histórias – Agatha Christie
1245. Morte por afogamento e outras histórias – Agatha Christie

1246. **Assassinato no Comitê Central** – Manuel Vázquez Montalbán
1247. **O papai é pop** – Marcos Piangers
1248. **O papai é pop 2** – Marcos Piangers
1249. **A mamãe é rock** – Ana Cardoso
1250. **Paris boêmia** – Dan Franck
1251. **Paris libertária** – Dan Franck
1252. **Paris ocupada** – Dan Franck
1253. **Uma anedota infame** – Dostoiévski
1254. **O último dia de um condenado** – Victor Hugo
1255. **Nem só de caviar vive o homem** – J.M. Simmel
1256. **Amanhã é outro dia** – J.M. Simmel
1257. **Mulherzinhas** – Louisa May Alcott
1258. **Reforma Protestante** – Peter Marshall
1259. **História econômica global** – Robert C. Allen
1260.(33).**Che Guevara** – Alain Foix
1261. **Câncer** – Nicholas James
1262. **Akhenaton** – Agatha Christie
1263. **Aforismos para a sabedoria de vida** – Arthur Schopenhauer
1264. **Uma história do mundo** – David Coimbra
1265. **Ame e não sofra** – Walter Riso
1266. **Desapegue-se!** – Walter Riso
1267. **Os Sousa: Uma família do barulho** – Mauricio de Sousa
1268. **Nico Demo: O rei da travessura** – Mauricio de Sousa
1269. **Testemunha de acusação e outras peças** – Agatha Christie
1270.(34).**Dostoiévski** – Virgil Tanase
1271. **O melhor de Hagar 8** – Dik Browne
1272. **O melhor de Hagar 9** – Dik Browne
1273. **O melhor de Hagar 10** – Dik e Chris Browne
1274. **Considerações sobre o governo representativo** – John Stuart Mill
1275. **O homem Moisés e a religião monoteísta** – Freud
1276. **Inibição, sintoma e medo** – Freud
1277. **Além do princípio de prazer** – Freud
1278. **O direito de dizer não!** – Walter Riso
1279. **A arte de ser flexível** – Walter Riso
1280. **Casados e descasados** – August Strindberg
1281. **Da Terra à Lua** – Júlio Verne
1282. **Minhas galerias e meus pintores** – Kahnweiler
1283. **A arte do romance** – Virginia Woolf
1284. **Teatro completo v. 1: As aves da noite** *seguido de* **O visitante** – Hilda Hilst
1285. **Teatro completo v. 2: O verdugo** *seguido de* **A morte do patriarca** – Hilda Hilst
1286. **Teatro completo v. 3: O rato no muro** *seguido de* **Auto da barca de Camiri** – Hilda Hilst
1287. **Teatro completo v. 4: A empresa** *seguido de* **O novo sistema** – Hilda Hilst
1289. **Fora de mim** – Martha Medeiros
1290. **Divã** – Martha Medeiros
1291. **Sobre a genealogia da moral: um escrito polêmico** – Nietzsche
1292. **A consciência de Zeno** – Italo Svevo
1293. **Células-tronco** – Jonathan Slack
1294. **O fim do ciúme e outros contos** – Proust
1295. **A jangada** – Júlio Verne
1296. **A ilha do dr. Moreau** – H.G. Wells
1297. **Ninho de fidalgos** – Ivan Turguêniev
1298. **Jane Eyre** – Charlotte Brontë
1299. **Sobre gatos** – Bukowski
1300. **Sobre o amor** – Bukowski
1301. **Escrever para não enlouquecer** – Bukowski
1302. **222 receitas** – J. A. Pinheiro Machado
1303. **Reinações de Narizinho** – Monteiro Lobato
1304. **O Saci** – Monteiro Lobato
1305. **Memórias da Emília** – Monteiro Lobato
1306. **O Picapau Amarelo** – Monteiro Lobato
1307. **A reforma da Natureza** – Monteiro Lobato
1308. **Fábulas** *seguido de* **Histórias diversas** – Monteiro Lobato
1309. **Aventuras de Hans Staden** – Monteiro Lobato
1310. **Peter Pan** – Monteiro Lobato
1311. **Dom Quixote das crianças** – Monteiro Lobato
1312. **O Minotauro** – Monteiro Lobato
1313. **Um quarto só seu** – Virginia Woolf
1314. **Sonetos** – Shakespeare
1315.(35).**Thoreau** – Marie Berthoumieu e Laura El Makki
1316. **Teoria da arte** – Cynthia Freeland
1317. **A arte da prudência** – Baltasar Gracián
1318. **O louco** *seguido de* **Areia e espuma** – Khalil Gibran
1319. **O profeta** *seguido de* **O jardim do profeta** – Khalil Gibran
1320. **Jesus, o Filho do Homem** – Khalil Gibran
1321. **A luta** – Norman Mailer
1322. **Sobre o sofrimento do mundo e outros ensaios** – Schopenhauer
1323. **Epidemiologia** – Rodolfo Saracci
1324. **Japão moderno** – Christopher Goto-Jones
1325. **A arte da meditação** – Matthieu Ricard
1326. **O adversário secreto** – Agatha Christie
1327. **Pollyanna** – Eleanor H. Porter
1328. **Espelhos** – Eduardo Galeano
1329. **A Vênus das peles** – Sacher-Masoch
1330. **O 18 de brumário de Luís Bonaparte** – Karl Marx
1331. **Um jogo para os vivos** – Patricia Highsmith
1332. **A tristeza pode esperar** – J.J. Camargo
1333. **Vinte poemas de amor e uma canção desesperada** – Pablo Neruda
1334. **Judaísmo** – Norman Solomon
1335. **Esquizofrenia** – Christopher Frith & Eve Johnstone
1336. **Seis personagens em busca de um autor** – Luigi Pirandello
1337. **A Fazenda dos Animais** – George Orwell
1338. **1984** – George Orwell
1339. **Ubu Rei** – Alfred Jarry
1340. **Sobre bêbados e bebidas** – Bukowski
1341. **Tempestade para os vivos e para os mortos** – Bukowski
1342. **Complicado** – Natsume Ono
1343. **Sobre o livre-arbítrio** – Schopenhauer
1344. **Uma breve história da literatura** – John Sutherland
1345. **Você fica tão sozinho às vezes que até faz sentido** – Bukowski

lepmeditores
www.lpm.com.br
o site que conta tudo

IMPRESSÃO:

PALLOTTI
GRÁFICA

Santa Maria - RS | Fone: (55) 3220.4500
www.graficapallotti.com.br